Trois
Contes

고려대학교 청소년문학시리즈 028

Trois
Contes

귀스타브 플로베르
정명희 옮김

세 가지 이야기

KOREA
UNIVERSITY
PRESS
고려대학교
출판문화원

차례

세 가지 이야기

순박한 마음

I

반세기 동안 퐁레베크의 중산층 여자들은 오뱅 부인에게 하녀 펠리시테가 있는 걸 부러워했다.

한 해에 100프랑을 받고 그녀는 요리와 살림도 하고, 바느질에 빨래에 다림질도 하고, 말에 안장 씌우기, 가금 거둬 먹이기, 버터를 휘저어 만들기도 능숙하게 하면서 여주인에게 한결같이 충직했다—여주인이 그다지 인정 없는 사람이었는데도.

여주인은 재산도 없이 번듯하게 생긴 청년과 결혼했었는데, 철부지 두 아이와 많은 빚을 남겨놓고 1809년 초에 남편이 죽었다. 그래서 한 해 수입이 고작 5천 프랑인 투크의 농장과 제포스의 농장만 남기고 부동산을 팔아치운 뒤, 생믈렌의 집을 떠나 조상 대대로 소유해온 장터 뒤 유지비가 덜 드는 집으로 옮겨 살게 되었다.

석반석으로 지붕을 인 이 집은 샛길과 강으로 이어지는 골목길 사이에 있었다. 안마당은 땅이 우툴두툴해서 걸음을 비틀거리게 했다. 좁은 현관을 사이에 두고 한쪽에는 부엌, 또 한쪽에는 '거실'이 있었는데, 오뱅 부인은 유리창 옆 등나무 팔걸이의자에 앉아 온종일 거기서 보냈다. 흰칠을 한 벽판을 등지고 마호가니 의자 여덟 개가 줄지어 있었다. 벽에 걸린 온도계 아래, 낡은 피아노 위에는 나무상자며 종이상자들이 잔뜩 쌓여 있었고, 루이 15세 양식의 노란 대리석 벽난로 양옆에 융단을 씌운 푹신한 안락의자가 하나씩 있었다. 벽난로 위 복판에 놓인 탁상시계는 베스타 신전 모양을 하고 있었고, ─마루가 정원보다 낮아서인지 실내 전체에서 곰팡내 같은 것이 풍겼다.

이층에는 제일 먼저 '마님'의 방이 있었다. 연한 꽃무늬 벽지를 바른 널따란 이 방에는 대혁명기의 멋쟁이 왕당파 복장을 한 '주인님'의 초상화가 있었다. 그곳은 더 작은 방과 연결되어 있고, 안쪽으로 매트리스 없는 어린이 침대 두 개가 보였다. 다음은 응접실로, 천으로 덮인 가구들로 가득 찬 방은 언제나 닫혀 있었다. 거기에서 복도를 따라가면 서재가 있고, 커다란 검정색 나무 책상을 삼면으로 에워싼 책장 칸마다 책과 서류들이 빼곡히 채워져 있었다. 모퉁이의 널판 두 장에는 펜화와 구아슈 풍경화, 오드랑[1]의 판화들이 다닥다닥 붙어 있어 좋았던 시절과 사라진 호사의 추억을 간직하고 있었다. 삼층에 있는 지붕창이 목장 쪽으로 나 있는 펠리시테의 방을 밝혀주었다.

그녀는 미사에 늦지 않으려고 새벽같이 일어났고, 저녁때까지 쉴 새 없이 일했다. 그리고 저녁식사가 끝나면 가지런히 설거지를 하고 문단속을 한 다음, 장작을 재 안에 묻어놓고 묵주를 손에 쥔 채 난로 앞에서 잠들었다. 물건값을 깎을 때면 펠리시테의 고집을 아무도 당할 수 없었다. 청결함으로 말하자면, 그녀가 반짝반짝 닦아놓은 냄비를 보고 다른 집 하녀들은 기가 죽었다. 알뜰한 그녀는 빵부스러기를 식탁 위에서 손으로 쓸어 모으면서 천천히 먹었다—자기를 위해 특별히 구운 6킬로짜리 빵을 스무 날

동안 두고 먹었다.

어느 계절에나 그녀는 옥양목 수건을 목에 둘러 뒤쪽에 핀을 꽂고 보닛 속에 머리칼을 감추었으며, 긴 회색 양말에 빨간 치마, 간호사처럼 가슴받이가 달린 앞치마를 웃옷에 겹쳐 입었다.

얼굴에 살이 없고 목소리는 높았다. 스물다섯 살 때에는 마흔으로 보였다. 쉰 고개를 넘어서부터는 몇 살인지 짐작이 가지 않았다. — 언제나 말이 없이 허리를 편 깍듯한 몸놀림 때문에 자동적으로 움직이는 나무인형같이 보였다.

II

그녀에게도 다른 사람들처럼 연애 경험이 있었다. 석공이었던 아버지는 공사판 비계에서 떨어져 죽었다. 그 후 어머니가 죽자 자매들이 흩어졌고, 어떤 농부가 그녀를 데려와 아주 어린데도 들에서 소떼 지키는 일을 시켰다. 누더기 차림으로 추위에 떨었고, 땅바닥에 납작 엎드려 늪에서 물을 마셨고, 이유도 없이 매를 맞았고, 30수를 훔쳤다는 누명을 쓰고 결국 쫓겨났다. 딴 농가에 들어가 닭장지기가 되었는데, 주인 부부의 마음에 들어 일꾼들의 시샘을 샀다.

팔월 어느 날 저녁(열여덟 살 때였다) 동료들이 그녀를 콜빌의 마을축제에 데려갔다. 그곳에 이르자, 악사들의 떠들썩한 바이올린 소리, 나무들 사이의 불빛, 알록달록한 옷차림, 레이스 장식, 금 십자가, 한꺼번에 뛰어대는 사람들 무리에 어리둥절하여 그녀는 넋이 나갈 지경이었다. 혼자 얌전하게 따로 떨어져 있자니 짐마차 채 위에 팔꿈치를 기대고 파이프를 피우던 제법 있어 보이는 젊은이가 다가와 춤을 추자고 했다. 그는 사과주며 커피, 갈레트며 스카프를 사주고, 그녀도 눈치 챘으리라고 생각하면서 바래다주겠다고 했다. 귀리 밭 근처에 왔을 때 사내가 거칠게 그녀를 자빠뜨렸다. 처녀는 겁이 나 소리치기 시작했다. 사내는 도망쳐버렸다.

그런데 어느 날 저녁 보몽 거리에서 느릿느릿 가고 있는 커다란 건초 수레를 앞질러 가고 싶어 바퀴를 스쳐 지나다

보니, 다름 아닌 테오도르였다.

사내는 태연하게 다가와 "술을 마셔서 한 실수"였으니 너그럽게 봐줘야 한다고 말했다.

그녀는 뭐라고 대답해야 좋을지 몰라 도망가고 싶었다.

사이를 두지 않고 사내는 수확량이며 마을의 명사들 얘기를 했다. 자기 아버지가 콜빌을 떠나 에코의 농장으로 왔으니 이제는 이웃이 됐다는 것이다. — "아!" 하고 그녀가 말했다. 집에서는 결혼시키려고 한다는 말을 그가 덧붙였다. 그런데 자기는 급하지 않다고, 마음에 드는 여자가 나타나기를 기다리고 있다고 했다. 그녀는 고개를 숙였다. 그러자 그는 결혼을 생각해봤느냐고 물었다. 그녀는 살짝 웃으면서, 사람을 놀리면 못쓴다고 했다. — "아니, 진심이요!" 하면서 왼팔로 그녀의 허리를 감았다. 그녀는 사내의 팔에 안겨 걸었다. 그들은 속도를 늦췄다. 바람은 부드러웠고, 별이 반짝이고 있었고, 수레 가득 실린 건초가 그들 눈앞에서 흔들거렸다. 네 마리의 말이 발길을 끌면서 먼지를 일으켰다. 시키지도 않았는데 말은 오른쪽으로 돌았다. 사내가 그녀를 다시 한 번 껴안았다. 그녀의 모습이 어둠 속으로 사라졌다.

테오도르는 그 다음 주에도 몇 번이나 만나자고 했다.

그들은 안마당 깊숙한 곳이나 담벼락 뒤, 외진 나무 아래서 만나곤 했다. 그녀는 숫처녀처럼 수줍어하지는 않았다. — 동물에게서 배운 바가 있었던 것이다. — 하지만 분별과 체면에 대한 본능 때문에 과실을 범하지는 않았다. 이러한 저항이 테오도르의 사랑을 자극해서, 스스로를 만족시키기 위해서인지 (아니면 본심이었는지) 그는 결혼하자고 했다. 그녀는 그 말을 믿어야 할지 몰라 망설였다. 그는 몇 번이나 맹세했다.

며칠 후 그는 난처한 일이 생겼다고 말했다. 부모님이 지난해에는 병역 대리인을 사서 보냈는데, 이제 곧 자기가 직접 군대에 가야 할지도 모른다,[2] 군복무 생각을 하면 끔찍하다는 것이었다. 이런 소심함이 펠리시테의 눈에는 사랑의 증거로 보였다. 그래서 그녀의 사랑이 두 배로 커졌다. 밤에 몰래 빠져나와 약속장소에 이르면 테오도르가 걱정을 늘어놓고 졸라대는 바람에 그녀는 몹시 심란해져버렸다.

마침내 자기가 직접 도청에 가서 어찌 될 것인지 알아보고, 다음 일요일 밤 열한시에서 자정 사이에 알려주러 오겠다고 했다.

그 시간이 되자 그녀는 애인에게로 달려갔다.

그가 있어야 할 자리에는 친구가 와 있었다.

이제 그를 다시 만날 수 없다는 말을 친구로부터 들었다. 징병을 피하기 위해 테오도르는 투크에 사는 돈이 아주 많은 늙은 여자 르우세 부인과 결혼했다는 것이다.[3]

그것은 가눌 수 없는 슬픔이었다. 그녀는 땅바닥에 털썩 주저앉아 소리를 지르고 하느님을 불러대면서 해 뜰 때까지 들판에서 혼자 울먹였다. 그러고는 농가로 돌아와 그곳을 떠날 생각이라고 말했다. 그 달 말에 월급을 받고 작은 짐을 보자기에 싸서 퐁레베크로 왔다.

여인숙 앞에서 그녀는 챙 넓은 상복 모자를 쓴 중산층 부인에게 일자리를 물었는데 그 부인은 마침 가정부를 구하던 참이었다. 그 처녀가 아는 것은 별로 없지만 무척 선량해 보이는 데다 요구하는 것도 그다지 많지 않아 오뱅 부인은 생각 끝에 이렇게 말했다.

"—그럼, 우리 집에 있어 봐요!"

펠리시테는 15분 후에 오뱅 부인 집 사람이 되어 있었다.

처음에 펠리시테는 집안 전체에 감도는 '가풍'과 '주인님'의 추억으로 인한 그 어떤 두려움 속에서 살았다. 일곱 살짜리 폴과 이제 겨우 네 살인 비르지니는 귀중품으로 빚어낸 것 같아 보였다. 그녀가 말이 되어 두 아이를 등에 태워 기어 다녔다. 오뱅 부인은 아이들에게 자꾸 입 맞추지 말라고 했다. 그것을 견딜 수 없었지만 그래도 자기가 행복하다고 생각했다. 온화한 환경이 그녀의 슬픔을 누그러뜨렸다.

목요일마다 손님들이 찾아와 보스턴 카드놀이를 했다. 펠리시테는 카드와 탕파湯婆[4]를 언제나 미리 준비해두었다. 손님들은 여덟시 정각에 왔다가 열한시를 치기 전에 돌아갔다.

매주 월요일 아침에는 가로수 길에 점포를 벌이는 고물상 주인이 땅바닥에 고철을 늘어놓았다. 그러면 온 동네가 왁자한 목소리로 가득 차고, 거기에 말 우는 소리, 양 우는 소리, 돼지의 꽥꽥거리는 소리가 길 가는 짐수레의 쇳소리와 뒤섞였다. 낮 열두시쯤 장이 한창 북적거릴 때 매부리코의 키 큰 늙은 농부가 사냥모를 뒤로 젖혀 쓰고 장터로 들어서는 것이 보였다. 제포스의 농부 로블랭이다. 조금 후에 나타난 것은—투크의 농부 리에바르였다. 그는 작은 키에 붉은 얼굴을 한 뚱보로, 회색 웃옷 차림에 박차가 달린 각반을 두르고 있었다.

둘 다 지주에게 암탉이나 치즈를 가져오곤 했다. 펠리시테는 그들의 눈속임에 넘어가는 법이 없었다. 그래서 그들은 그녀가 대단한 사람이라고 생각하면서 돌아가는 것이었다.

이따금씩 오뱅 부인에게 그르망빌 후작이 찾아왔다. 그는 부인의 아저씨뻘 되는 사람으로, 방탕한 생활 때문에 파산하여 마지막 남은 땅뙈기 수입으로 팔레즈에서 근근이 살아가고 있었다. 흉측한 푸들 강아지를 데리고 언제나 점심시간에 찾아왔는데, 그 강아지는 가구를 있는 대로 더럽혔다. 그는 "작고하신 선친께서"라고 말을 할 때마다 모자를 추켜올리면서 귀족의 체면을 차리려고 애썼지만, 혼자서 술을 연거푸 마시고는 외설스러운 언사를 내뱉고야 말았다. 펠리시테는 그를 점잖게 바깥으로 내쫓았다. "많이 드셨어요, 그르망빌 나리! 다음에 또 오세요!" 그러고는 현관문을 닫아버렸다.

펠리시테가 전직 소송 대리인 부레 씨에게는 문을 기꺼이 열어주었다. 흰색 넥타이와 대머리, 셔츠의 가슴장식, 헐렁한 갈색 프록코트, 팔을 부드럽게 말아 올리면서 코담배를 맡는 동작 같은 그의 모든 것이, 괴짜들을 볼 때 우리가 겪는 저 곤혹스러움을 그녀에게 일으킨 것이다.

그가 '마님'의 토지를 관리하기 때문에, 그는 오뱅 부인과 함께 '주인님' 서재에 몇 시간이고 틀어박혀 있으면서도 평판이 나빠질까 언제나 걱정했고, 사법관들을 무한히 존경했고, 라틴어를 안다는 것에 자부심을 갖고 있었다.

아이들이 즐겁게 공부할 수 있도록 그가 판화로 된 지도책을 선물했다. 그림책에는 깃털을 머리에 꽂은 식인종들, 아가씨를 납치해가는 원숭이, 사막에 사는 베두인족, 작살에 맞는 고래 등, 세계의 온갖 풍물이 실려 있었다.

폴은 이 판화를 하나하나 펠리시테에게 설명해주었다.

이것이 그녀가 받은 유일한 인문 교육이기도 했다.

아이들의 교육은 면사무소에서 일하는 가난한 청년 기요에게 맡겨졌는데, 글씨를 잘 쓰기로 유명한 그는 가죽장화에 주머니칼을 문지르곤 했다.

날씨가 맑은 날에는 식구들이 아침 일찍 제포스의 농장으로 갔다.

마당이 경사져 있고 집채가 마당 가운데 있다. 바다는, 멀리, 잿빛 얼룩처럼 보인다.

펠리시테가 바구니에서 얇게 썬 차가운 고기를 꺼내, 낙농장으로 이어지는 실내에서 점심을 먹었다. 그곳은 이제는 없어져버린 별장에 유일하게 남아 있는 장소였다. 너덜너덜한 벽지가 외풍에 바르르 떨었다. 갖가지 추억이 밀려와 오뱅 부인은 고개를 떨궜고 아이들은 입을 다물어버렸다. "나가 놀아라!" 하고 부인이 말하자 아이들은 냉큼 달아났다.

폴은 곳간에 올라가고, 새를 잡고, 늪에서 물수제비를 뜨기도 하고, 북처럼 울리는 퉁퉁한 나무통을 막대기로 두들기며 놀았다.

비르지니는 토끼에게 먹이를 주고, 수레국화를 따려고 뛰어다녔는데, 깡충거리며 뛰는 다리 사이로 수놓인 바지가 언뜻언뜻 보였다.

어느 가을날 저녁, 식구들은 목장을 거쳐 집으로 향했다.

상현달이 하늘 한쪽을 비추고, 투크 강 굽이굽이에 얇은 옷감처럼 안개가 껴 있었다. 소들이, 풀잔디 한가운데 엎드려, 지나가는 이 네 사람을 지긋이 바라보고 있었다. 세 번째 방목장에서는 소 몇 마리가 일어서더니 네 사람 앞에서 원을 그리며 둘러섰다. —"무서워할 것 없어요!" 하고 펠리시테가 말했다. 그러고는 하소연 비슷한 말을 중얼거리면서 가장 가까이 있는 소의 등뼈를 어루만졌다. 그러자 그 소가 뒤돌아서고, 다른 놈들도 따라했다. 그런데 다음 목장을 건너갈 때 굉장한 소 울음소리가 들렸다. 안개 속에 가려져 있던 황소였다. 그놈은 두 여자 쪽으로 걸어 나왔다. 오뱅 부인은 달아나려고 했다. —"안 돼요! 마님! 천천히 가야 돼요!" 그녀들은 그래도 발걸음을 재촉하는데, 뒤에서 다가오는 거친 콧김 소리가 들렸다. 소 발굽이, 망치처럼, 목장의 풀을 두들겨 울렸다. 이제는 뛰어오는 것이었다! 펠리시테는 몸을 돌려 두 손으로 땅에 박혀 있는 팻말을 뽑아내 황소의 눈에다 냅다 던졌다. 소는 낯짝을 수그려, 뿔을 흔들고는 성이 나 몸을 떨면서 무시무시한 소리로 울부짖었다. 오뱅 부인은 두 아이를 데리고 목장 끄트머리에서, 어찌 이 둔덕을 넘을 수 있을까 미친 듯이 방법을 찾고 있었다. 펠리시테는 아직도 황소 앞에서 뒷걸음질 치면서, 뗏장을 연거푸 던져 소를 눈멀게 하는 한편, ―"어서요! 어서요!" 하고 소리쳤다.

오뱅 부인은 고랑을 따라 내려가서 비르지니를, 그 다음에 폴을 밀어올리고, 비탈을 기어오르려고 안간힘을 쓰면서 여러 번 미끄러지면서도 마침내 힘을 내 올라가게 되었다.

황소는 펠리시테를 울타리에 바짝 몰아세웠다. 황소의 침이 펠리시테의 얼굴에 튀었고, 당장 그녀의 배를 찢어놓을 판이었다. 펠리시테는 순간 횡목 사이를 빠져나갔다. 몸집이 큰 짐승은, 허를 찔려 딱 멈춰 서버렸다.

이 사건은 여러 해 동안 퐁레베크에서 화제가 되었다. 펠리시테는 자기가 대단한 일을 했다고 여기지도 않아서 그걸로 우쭐해하는 일은 전혀 없었다.

펠리시테의 마음속은 비르지니 걱정으로 꽉 차 있었다. —놀란 뒤끝이라 아이가 신경증을 앓게 되어, 의사 푸파르 씨가 트루빌에서 해수욕을 하라고 권했던 것이다.

그 당시에는 해수욕장을 찾는 사람이 많지 않았다. 오뱅 부인은 이것저것 알아보고, 부레에게 조언을 청하고, 오랜 여행을 떠나기라도 하는 것처럼 채비했다.

부인의 짐은 전날 리에바르의 짐마차에 실려 출발했다. 이튿날, 리에바르는 말 두 필을 끌고 왔는데 그중 한 마리에는 벨벳 등받이가 달린 여자용 안장이 있었다. 또 한 마리의 엉덩이에는 외투를 둘둘 말아 안장처럼 만들어놓았다. 오뱅 부인은 거기, 리에바르 뒤에 탔다. 펠리시테가 비르지니를 맡았고, 폴은 꼭 소중히 다루겠다고 약속하고 빌려온 르샤투아 씨의 나귀에 올라탔다.

길이 어찌나 나쁜지 8킬로미터를 가는 데 두 시간이나 걸렸다. 말이 발목까지 진창에 빠지는 바람에 거기서 빠져나오려고 엉덩이를 마구 흔들었다. 마차 바퀴자국에 발을 헛디디기도 했고, 그곳을 건너뛰어야 하는 일도 있었다. 리에바르가 탄 암말은 곳곳에서 갑자기 멈춰 서곤 했다. 리에바르는 말이 다시 걷기 시작할 때까지 참을성 있게 기다렸다. 그는 도로변에 소유지를 갖고 있는 사람들 이야기를 하면서 그것은 도의적인 문제라고 잔소리를 보탰다. 이렇게 해서, 투크 중간쯤에서 한련으로 둘러싸인 창문 아래를 지나갈 때 리에바르는 어깨를 으쓱하며 말했다. — "아니, 저 르우세 부인인가 하는 여자는 젊은 사내를 얻더니…" 펠리시테는 그 다음 얘기를 듣지 못했다. 말은 빨리 달렸고 나귀도 폴짝거리며 달려갔다. 일행이 오솔길에 접어들자 살문이 돌고 두 사내아이가 나타났다. 모두들 거름통 앞, 출입문 문턱을 디디고 말에서 내렸다.

리에바르 어멈은 여주인을 알아보고 호들갑스럽게 반가워했다. 그 아낙은 오뱅 부인에게 점심을 대접했다. 소 등심 요리, 트리프, 순대, 닭고기 프리카세, 거품이 이는 사과주, 설탕 졸임 타르트, 술에 절인 자두를 내놓으면서, 마님께는 건강이 훨씬 더 좋아 보인다고, 아가씨에게는 "엄청 아름다워"졌다고, 폴 도련님에게는 대단히 "늠름해"졌다고, 온갖 예의를 끌어모아 말했다. 여러 세대 전부터 리에바르 집안에서 섬겨왔던 오뱅 가의 조상들 이야기도 잊지 않고 들먹였다. 농가는 리에바르 집안사람들처럼 해묵은 성질을 띠고 있었다. 천장의 들보는 낡아빠졌고, 안벽은 연기에 그을려 거무칙칙했으며, 창유리는 먼지가 더덕더덕 껴 있어 칙칙했다. 참나무로 만든 선반에는 물병과 접시들, 주석 사발, 이리 잡는 올가미, 양털 깎는 가위 등 각종 용구가 놓여 있었다. 거대한 분무기가 아이들을 웃게 만들었다. 집 안의 마당 세 군데에서는 밑동에 버섯이 자라나 있지 않는 나무는 한 그루도 없었고, 잔가지에는 겨우살이가 뒤엉켜 있었다. 바람에 나무가 많이 쓰러졌단다. 쓰러진 나무들이 가운데 부분에서 다시 가지를 뻗었고 사과가 주렁주렁 열려 가지마다 휘어져 있었다. 갈색 벨벳 같은 모양의 두께가 고르지 않은 초가지붕이 세찬 돌풍을 견뎌냈지만, 마구간은 엉망이 되어버렸다고 했다. 오뱅 부인은 알았다고 하면서 떠날 채비를 하라고 일렀다.

트루빌에 다다르려면 아직 30분이나 더 가야 했다. 일행은 에코르를 통과하려고 말에서 내렸다. 이곳은 배들이 수

직으로 내려다보이는 해안 절벽이었다. 삼 분 후에 방파제 끝에서 일행은 다비드 어멈의 아뇨도르 여관 안마당으로 들어섰다.

비르지니는 며칠 지나지 않아 기운을 차렸다. 전지요양과 해수욕을 한 결과였다. 수영복이 없어 속옷 바람으로 바닷물에 들어갔다. 물에서 나오면 해수욕객들이 이용하는 세관 막사에서 펠리시테가 옷을 갈아입혔다.

오후에는 모두들 나귀를 끌고 로슈 누아르를 지나 엔크빌 쪽으로 갔다. 길이, 처음에는 공원의 잔디같이 기복이 있는 땅 사이를 올라가더니, 목장과 채마밭이 번갈아 있는 둔덕에 이르렀다. 길가에는 나무딸기 덤불 사이로 호랑가시나무들이 비죽비죽 솟아 있었다. 곳곳에서 커다란 죽은 나무 가지들이 푸른 하늘에 지그재그 모양을 만들어냈다.

거의 언제나 왼쪽에 도빌, 오른쪽에 르아브르가 보이고, 맞은편으로 바다가 바라다보이는 풀밭에서 쉬곤 했다. 바다는 햇빛에 반짝이고 있었고 거울처럼 반들거렸다. 일렁이는 소리가 희미하게 들릴 만큼 바다는 고요했다. 어디선가 참새들이 짹짹거렸고 하늘의 거대한 궁륭이 이 모든 것을 뒤덮고 있었다. 오뱅 부인은 앉아서 바느질을 했다. 비르지니는 엄마 곁에서 등심초를 엮었고, 펠리시테는 라벤더 꽃을 훑었다. 폴은 심심해서 돌아가고 싶었다.

또 어떤 때는 배를 타고 투크로 가서 조개껍질을 줍기도 했다. 썰물 때는 성게, 가리비, 해파리를 잡을 수도 있었다. 아이들은 바람에 밀려오는 파도거품을 붙잡으러 뛰어가곤 했다. 잔잔해진 파도는 모래 위로 떨어지면서 모래톱을 따라 몸을 펼치는 것이었다. 모래톱은 끝도 없이 뻗어 있었지만, 뭍에는 경마장같이 생긴 넓은 마레 목장이 시작되는 곳까지 모래언덕이 이어졌다. 일행이 그쪽으로 돌아올 때면, 트루빌은 언덕의 비탈 뒤로 모습을 드러내면서 한 발짝씩 내디딜 때마다 커졌다. 크기가 제각각인 마을의 모든 집들이 즐거운 무질서 속에서 꽃처럼 피어나는 것만 같았다.

너무 더운 날에는 아무도 방에서 나오지 않았다. 바깥의 눈부신 햇빛이 빛으로 빗장을 지르듯이 미늘덧문 틈새로 비춰 들었다. 마을은 고요했다. 저 아래 보도에는 아무도 없었다. 널리 퍼져 있는 이 침묵이 주변의 고요함을 배가 시켰다. 멀리서 조선공들이 망치로 뱃바닥 치는 소리가 들렸고, 후텁지근한 미풍에 타르 냄새가 실려왔다.

으뜸가는 즐거움은 돌아오는 고깃배를 구경하는 일이었다. 배들은 부표를 지나자 바람을 맞받으며 지그재그로 움직이기 시작했다. 돛을 돛대 끝에서 3분의 2가량 내리고 앞 돛을 풍선처럼 부풀린 배들은 포구 한복판까지 찰랑거리는 물결을 타고 미끄러져 들어와 금방 닻을 내렸다. 이제 배는 방파제에 기대어 섰다. 선원들이 팔딱거리는 물고기들을 배 안에서 바깥쪽으로 던졌다. 짐수레가 열 지어 기다리고 있었다. 목면 모자를 쓴 여자들이 뛰어들어 생선 광주리를 차지하기도 하고 제 남편을 부둥켜안기도 했다.

그 여자들 가운데 하나가 어느 날 펠리시테에게 다가왔다. 잠시 후 펠리시테는 벙싯거리며 방으로 들어왔다. 언니를 만났던 것이다. 르루의 아내인 나스타지 바레트는 젖먹이를 품에 안고 오른손에는 또 한 아이의 손을 잡고, 왼쪽에는 두 주먹을 허리에 대고 베레모를 비뚜름하게 쓴 소년 수습선원을 데리고 왔다.

15분 후에 오뱅 부인은 그 언니를 돌려보냈다.

언제나 부엌 근처나 산책길에서 만나고 있는 자매가 눈에 띄었다. 남편은 모습을 보이지 않았다.

펠리시테는 그 식구들에게 애정을 갖게 되었다. 그래서 이불이며 셔츠, 화덕을 사주었다. 당연히 그들은 펠리시테를 이용했다. 이렇게 정에 약한 마음이 오뱅 부인을 언짢게 했다. 게다가 부인은 그 조카의 허물없는 태도를 싫어했다—자기 아들에게 반말을 하니까. 비르지니가 기침을 하는 데다 계절도 이제 좋지 않아 퐁레베크로 돌아왔다.

부레 씨가 중학교 선택에 관해서 잘 알아봐주었다. 캉의 중학교가 평판이 가장 좋다는 것이었다. 폴은 그곳을 다니게 되었고, 친구들이 생길 곳으로 살러가는 것이 기뻐서 씩씩하게 이별하고 떠났다.

오뱅 부인은 아들이 멀리 가는 것이 어쩔 수 없는 일이라 체념하고 받아들였다. 비르지니도 차츰 오빠를 잊어갔다. 펠리시테는 폴의 야단법석이 그리웠다. 그러나 한 가지 새로운 일거리가 펠리시테를 즐겁게 해주었다. 성탄절부터 날마다 비르지니를 교리문답에 데려가게 된 것이다.

III

펠리시테는 입구에서 무릎을 꿇은 다음, 높다란 중앙홀 아래 두 줄로 정렬된 좌석 사이로 걸어가 오뱅 부인의 의자를 펴고, 앉아서, 주변을 두리번거렸다.

오른쪽에는 남자아이들, 왼쪽에는 여자아이들이 성가대석을 꽉 채우고 있었고 주임사제는 보면대 옆에 서 있었다. 후진의 스테인드글라스에서는 성령이 성모 마리아를 굽어보고 있었다. 또 하나의 스테인드글라스는 아기 예수 앞에서 무릎 꿇고 있는 성모의 모습이었고, 성체함 뒤에는 용을 때려눕히는 대천사 미카엘이 목조 군상에 새겨져 있었다.

사제는 먼저 성사를 간추려 들려주었다. 펠리시테는 천국을, 노아의 홍수를, 바벨탑을, 화염에 싸인 도시들을, 죽어가는 사람들을, 거꾸러진 우상들을 눈앞에 보고 있는 것만 같았다. 펠리시테는 그 눈부신 광경에서 하느님에 대한 존경심과 그분의 분노에 대한 두려움을 느꼈다. 그리고 주님의 수난 이야기를 들으면서 울었다. 그들은 왜 주님을 십자가에 못 박았을까, 아이들을 아끼시고, 군중들을 먹이시며, 맹인들을 치유하시고, 자비롭게도 가난한 사람들 속에서, 마구간 두엄 속에서 태어나시고자 했던 주님인데? 씨뿌리기, 수확, 포도 압착장, 복음서에 있는 그 모든 친근한 것들이 자기의 생활 속에 있었다. 하느님이 거쳐 가심으로써 그것들을 성스럽게 만드는 것이었다. 그래서 펠리시테는 신의 어린 양을 사랑하듯이 들판의 양떼를, 성령을 생각하여 비둘기들을 더욱 따뜻한 마음으로 사랑했다.

펠리시테는 성령의 모습을 좀처럼 머리에 떠올릴 수 없었다. 성령은 새의 모습인가 하면 불이기도 했고, 또 어떤 때는 산들바람이기도 했으니 말이다. 밤에 늪가에서 깜빡이는 건 성령의 빛이고, 구름을 흩뜨리는 건 성령의 입김이고, 아름다운 종소리를 들려주는 건 성령의 목소리인지도 몰라. 그래서 펠리시테는 담장의 서늘함과 교회의 고요함을 몹시 좋아하면서 감사의 마음에 잠기는 것이었다.

교리는 하나도 이해하지 못했고, 이해하려고도 하지 않았다. 주임사제가 설교를 하고 아이들이 반복하여 낭송하는 동안 펠리시테는 잠들어버렸다. 그러다가 아이들이 집으로 가면서 바닥에 나막신 소리를 냈을 때 그녀는 퍼뜩 잠이 깼다.

젊었을 때 종교교육을 변변히 받지 못했는데, 이런 식으로 몇 차례 듣는 동안 펠리시테는 교리문답도 익히게 되었다. 그때부터 그녀는 무엇이나 비르지니를 따라 했다. 비르지니가 하면 자기도 단식일을 지켰고, 고해성사도 같이 했다. 성체축일에는 둘이서 함께 가假제단을 만들기도 했다.

비르지니의 첫 성체배령 때문에 펠리시테는 더 정신없이 바빠졌다. 신발에, 묵주에, 기도서에, 장갑을 준비하느라 눈코 뜰 새가 없었다. 오뱅 부인을 도와 비르지니에게 옷을 입히면서 얼마나 손이 떨렸던지!

미사가 진행되는 내내 펠리시테는 숨이 멎어버릴 것만 같았다. 부레 씨가 성가대 옆에 서서 그녀를 가려주었다. 그런데 바로 앞에 늘어뜨린 미사포 위로 하얀 관을 쓴 한 무리의 동정녀들이 눈 덮인 벌판처럼 보였고, 그때 더욱 사랑스러운 고갯짓으로 생각에 잠긴 아리따운 비르지니의 모습이 멀리 보였다. 종소리가 울렸다. 모두들 고개를 숙였다. 잠시 침묵이 흘렀다. 터져 울리는 오르간 소리에 맞춰 성가대원과 교회당에 모인 사람들은 〈주의 어린양〉을 찬송했다. 이제 남자아이들의 대열이 움직이기 시작했다. 그 뒤를 따라 여자아이들이 일어섰다. 한 걸음 한 걸음, 두 손을 모으고, 소녀들은 환하게 촛불이 밝혀진 제단 앞으로 나아가 첫 계단 위에서 무릎을 꿇고 차례차례 면병麪餠을 받아먹고, 그 순서에 따라 각자의 기도대로 돌아왔다. 비르지니 차례가 되자 펠리시테는 잘 보려고 몸을 쑥 내밀었다. 진실한 사랑에서 나오는 상상력의 힘으로 펠리시테는 자기가 바로 비르지니처럼 생각되었다. 아이의 얼굴이 제 얼굴이 되었고, 아이의 옷이 제 몸을 두르고 있었고, 아이의 심장이 제 가슴 안에서 고동치는 것이었다. 입을 벌리는 순간 눈을 감으면서 하마터면 정신을 잃을 뻔했다.

이튿날 아침 일찍, 주임사제에게서 성체배령을 받으려고 그녀는 성구실로 갔다. 경건하게 성체배령을 했건만 펠리시테는 전날과 같은 희열은 느끼지 못했다.

오뱅 부인은 딸을 완전한 인격체로 만들고 싶어했다. 그래서 기요가 비르지니에게 영어도 음악도 가르칠 수 없었기 때문에, 부인은 딸을 옹플뢰르의 우르술라 수녀원에 기숙생으로 보내기로 결정했다.

아이는 고분고분 받아들였다. 펠리시테는 마님이 매정하다고 한숨을 쉬었다. 하지만 마님 생각이 어쩌면 옳을 거라고 생각했다. 이러한 일들은 자기 힘으로 어찌해볼 수 없는 일이었다.

마침내 어느 날, 낡은 마차 한 대가 대문 앞에 멈춰 서더니 아가씨를 데리러 온 수녀가 거기에서 내렸다. 펠리시테는 마차 지붕 좌석에 짐을 올려놓고, 마부에게 이것저것 부탁을 하고 나서 짐칸에 잼 여섯 병과 배 여남은 개를 제비꽃 한 다발과 함께 넣었다.

비르지니는 헤어질 때 울음을 터뜨렸다. 아이는 끌어안았고, 어머니는 딸의 이마에 연신 입 맞추면서 말했다. —"자, 기운 내야지! 기운 내야 해, 응?" 발판이 위로 접히고, 마차는 출발했다.

그러자 오뱅 부인은 실신했다. 그날 저녁에는 위로차 부인의 친구들이 모두 찾아왔다. 로르모 부부, 르샤투아 부인, 로슈퇴유 집안의 아씨들, 드 우프빌 씨와 부레 등이었다.

딸이 곁에 없는 것이 처음에는 그녀에게 너무나 고통스러웠다. 하지만 일주일에 세 번씩 딸에게서 편지가 왔고, 편지 받은 다음 날은 답장을 했으며, 정원을 신책하기도 하고, 책을 조금 읽기도 하면서 덧없는 시간을 메워갔다.

아침이면 습관적으로 펠리시테는 비르지니의 방에 들어가 벽을 빙 둘러 바라보았다. 이제는 비르지니의 머리를 빗겨줄 수도 없고, 반장화 끈을 묶어줄 수도 없고, 이불깃을 침대 모서리에 접어 넣어줄 수도 없어서 슬펐다. 또 그 사랑스러운 얼굴을 볼 수도 없고, 함께 외출할 때면 그랬듯이 손을 잡을 수도 없어 쓸쓸했다. 무료해서 펠리시테는 레이스를 짜보았다. 그녀의 손가락이 너무 둔해서 실을 자꾸 끊어먹었다. 무엇 하나 마음 붙일 데가 없었고, 잠을 이루지 못해 그녀의 말에 의하면 "쇠약해"졌다.

"마음을 달래"려고 펠리시테는 조카 빅토르가 찾아올 수 있도록 허락해달라고 부탁했다.

조카는 일요일 미사가 끝난 후에 왔다. 발그레한 뺨에 가슴을 풀어 헤치고, 지나온 시골길 냄새를 풍기면서 왔다. 펠리시테는 당장 식탁을 차렸다. 두 사람은 마주 앉아 점심을 먹었다. 비용을 줄이려고 그녀 자신은 가능한 한 적게 먹으면서도 조카에게는 어찌나 많이 먹였던지 빅토르는 잠들어버렸다. 저녁 예배 종이 울리기 시작하면 펠리시테는 조카를 깨워 바지를 솔질해주고 넥타이를 매주고는, 어머니 같은 뿌듯함을 느끼면서 조카의 팔에 기대어 교회로 갔다.

빅토르의 부모는 아들을 시켜 언제나 펠리시테에게서 뭐든지 얻어내려고 했다. 봉지 흑설탕이건, 비누건, 브랜디건, 어떨 때는 돈을 뜯어내게도 했다. 조카는 낡은 옷을 고쳐달라고 가져왔다. 그러면 펠리시테는 조카를 또 오게 만드는 기회가 생겨 이 일을 만족스럽게 받아들였다.

8월에 빅토르의 아버지는 아들을 연안 항해에 데려갔다.

마침 여름방학이었다. 아이들이 집에 돌아와 펠리시테는 기뻤다. 그런데 폴은 변덕스러워졌고, 비르지니는 이제 반말을 해서는 안 되는 나이였다. 이것이 펠리시테와 비르지니 사이를 어색하고 불편하게 만들었다.

빅토르는 모를레로, 됭케르크로, 브라이튼으로 끊임없이 돌아다녔다. 항해에서 돌아올 때마다 조카는 선물을 사 왔다. 첫 번째 선물은 조개 세공 상자였고, 두 번째는 커피 잔, 세 번째는 생강 맛이 나는 커다란 인형 모양 빵이었다. 그는 미소년이 되었다. 잘 빠진 체격에 조금 자라난 수염과 선량하고 정직해 보이는 눈을 하고, 파일럿처럼 조그만 가죽 모자를 뒤로 젖혀 쓰고 있었다. 조카는 항해 용어를 섞어가며 많은 이야기를 해주어 펠리시테를 즐겁게 했다.

1819년 7월 14일, 월요일이었다(그녀는 날짜를 잊지 않았다). 빅토르는 원양 항해에 지원하여 다음다음 날 밤에는 옹플뢰르의 배편으로 스쿠너선船에 합류해서, 며칠 안에 르아브르에서 출항할 것이라고 했다. 어쩌면 2년은 떠나 있을 것이란다.

그렇게 오랫동안 만날 수 없다는 생각에 펠리시테는 몹시 슬펐다. 그래서 조카에게 한 번 더 작별을 하려고 수요일 저녁 부인의 저녁식사 시중을 마치자, 나무창을 댄 구두를 신고 퐁레베크에서 옹플뢰르까지 16킬로미터를 단숨에 달려갔다.

예수 수난상 앞에 왔을 때, 왼쪽으로 구부러져야 하는데 오른쪽으로 돌았더니 조선소들이 있는 곳에서 길을 잃었다가 다시 제자리로 돌아왔다. 그녀가 다가가 길을 물어보면 사람들은 서둘러 가라고 했다. 선박이 가득한 정박지를 돌아보면서 배를 묶어둔 밧줄에 자꾸 부딪혔다. 그러더니 지면이 낮아지고 불빛들이 뒤섞였는데, 공중에 떠 있는 말들을 보자 펠리시테는 자기가 정신이 나갔다고 생각했다.

부둣가에서는 다른 말들이 바다를 보고 놀라 큰 소리로 울어댔다. 기중기 한 대가 말을 들어 올려서 배 안에 차곡차곡 내려놓았다. 갑판에서는 선객들이 큰 사과주 통과 치즈 광주리, 곡식 자루들 사이에서 북적거렸다. 암탉 우는 소리가 들리고, 선장이 소리쳤다. 한 수습선원이 이 모든 것에 무관심한 채 뱃머리 닻고리에 팔꿈치를 기대고 서 있었다. 처음에는 그를 알아보지 못했던 펠리시테가 "빅토르!" 하고 소리쳤다. 그가 고개를 들었다. 펠리시테가 내달렸을 때, 갑자기 사다리가 걷혔다.

부인네들이 노래하면서 밧줄로 예인하던 배가 항구를

빠져나갔다. 배의 늑재가 삐걱거리는 소리가 났고, 묵직한 파도는 뱃머리를 후려쳤다. 돛이 돌면서 움직이자 아무도 이제는 보이지 않았다. ─ 그러고는, 달빛을 받은 은색 바다 위에서 배는 검은 한 점이 되어 점점 희미해지더니, 어둠 속에 빠져들어, 모습을 감추었다.

펠리시테는 예수 수난상 근처를 지날 때, 자기가 제일 소중히 여기는 것을 하느님에게 부탁하고 싶었다. 그래서 얼굴은 눈물범벅이 되어 구름을 쳐다보면서 오랫동안 서서 기도했다. 잠들어 있는 도시에서는 세관원들만이 돌아다니고 있었다. 물이 끊임없이 갑문의 뚫린 구멍으로 쏟아져 나오면서 콸콸 소리를 냈다. 두시를 알리는 종이 울렸다.

면회실은 해가 뜨기 전에는 문을 열지 않겠지. 늦어지면 틀림없이 마님이 역정을 낼 텐데. 그래서 비르지니에게 입맞추고 싶은 마음을 누르고 발길을 돌렸다. 펠리시테가 퐁레베크에 들어섰을 때, 여인숙의 종업원 여자들은 잠에서 깨어나는 참이었다.

그 애가 여러 달 동안 그러니까 파도를 타고 다닌단 말이지! 지금까지의 항해를 그녀가 무서워한 적은 없었다. 영국이나 브르타뉴라면 돌아오겠지. 하지만 미국이나 식민지나 서인도 제도라면, 그건 세계의 반대편 끝, 어딘지도 모르는 곳으로 사라지는 것일 텐데.

그때부터 펠리시테는 오직 조카 생각만 했다. 햇볕이 좋은 날에는 목이 탈까 걱정하고, 폭풍우가 칠 때면 조카가 벼락을 맞을까 봐 두려웠다. 굴뚝 안에서 윙윙거리고 석반석 지붕을 날려버리는 바람소리를 들으면서는, 바로 이 폭풍우로 인해 부서진 마스트 꼭대기에서 온몸이 뒤로 젖혀진 채 파도 거품을 뒤집어쓰고 쓰러진 조카를 보았다. 또 어떤 때는 — 판화 지도책에서 본 기억 때문에, — 야만인들에게 잡아먹히기도 하고, 숲속에서 원숭이들에게 포획되어 무인도의 해변에 질질 끌리면서 죽어가는 조카의 모습을 보는 것이었다. 그래도 절대 자기의 걱정을 입 밖에 내는 일은 없었다.

오뱅 부인은 딸의 일이 걱정되었다.

수녀들이 보기에 비르지니는 정이 많지만 예민한 성격이었다. 아주 소소한 마음의 움직임에도 몹시 신경이 날카로워지는 것이었다. 피아노를 그만두어야 했다.

어머니는 날짜를 정해놓고 편지왕래를 할 수 있도록 수녀원에 요구했다. 집배원이 오지 않은 아침이면 그녀는 안절부절못했다. 그럴 때면 거실에서 전용 팔걸이의자에서부터 창문까지 왔다 갔다 했다. 정말 이상한 일이야! 나흘 전부터 소식이 없다니!

펠리시테는 자기 처지가 부인에게 위안이 되었으면 하는 마음에 이렇게 말했다.

"저는 편지를 못 받은 지가 여섯 달이나 되었는데요!…"

"누구한테서 말인가?"

하녀는 조심스럽게 대답했다.

"저기… 조카한테서요!"

"아, 자네 조카!" 그리고 어깨를 으쓱 하더니 오뱅 부인은 실내에서 다시 걷기 시작했다. 그건 이런 뜻이었다. "그런 걸 내가 알 게 뭐람!… 게다가 그게 나와 무슨 상관이야, 수습선원에 부랑자 따위, 뭐가 대단하다고!… 그런데 세상에 내 딸은… 생각 좀 해봐!…"

펠리시테는 매정한 취급에 이골이 나 있었지만, 그래도 마님이 원망스러웠다. 그러고는 잊어버렸다.

비르지니 문제라면 자기도 쩔쩔매는 것이 지극히 당연하다고 생각했다.

두 아이가 똑같이 소중했다. 펠리시테의 마음속에서는 하나의 끈으로 그 둘이 묶여 있어서 두 아이의 운명이 같지 않을 수 없었다.

빅토르가 탄 배가 아바나에 도착했다고 약제사가 알려주었다. 약제사는 어떤 신문에서 보고 이 사실을 알았다.

시가의 이름 때문에 그녀에게 아바나는 누구나 담배를 피우는 고장일 뿐이어서, 빅토르가 자욱한 담배연기 속에서 흑인들 사이를 맴도는 것이 머리에 떠올랐다. "필요한 경우에는" 육로로 돌아올 수 있으려나? 퐁레베크에서는 얼마나 멀리 떨어져 있을까? 그것을 알아보려고 부레 씨에게 물었다.

그는 지도를 가져와서 경도에 관한 설명을 시작하더니, 놀라서 어리둥절해하는 펠리시테에게 유식한 사람의 여유 있는 미소를 지어 보였다. 드디어 연필 끼우개로 타원형 반점 모양의 지역에서 보일락 말락 한 검은 점을 가리키면서 말했다. "여기요." 펠리시테는 지도 쪽으로 몸을 구부렸다. 색선이 잔뜩 엉켜 있는 것을 보고 있자니 아무 것도 모르겠고 눈만 아팠다. 그러자 부레가 무엇이 문제인지 말해보라고 하기에, 빅토르가 묵고 있는 집이 어딘지 자기에게 보여달라고 했다. 부레는 두 팔을 치켜들고 재채기를 하고는, 큰 소리로 웃었다. 그런 순진함이 그를 무척 기쁘게 했던 것이다. 펠리시테는 그가 웃는 이유를 알 수 없었다. 어쩌면 조카의 모습까지도 볼 수 있으리라 기대하던 그녀였으니 말이다. 그 정도로 이해력의 폭이 좁았다.

리에바르가 여느 때처럼 장이 서는 시간에 부엌으로 들어와, 형부가 보낸 편지 한 통을 펠리시테에게 건넨 것은, 그로부터 보름이 지나서였다. 둘 다 글을 읽을 줄 몰라 여주인에게 부탁했다.

뜨개질의 코를 세고 있던 오뱅 부인은, 그것을 옆에 놓고 봉투를 뜯었다. 몸을 부르르 떨더니, 깊은 눈길을 하고 작은 소리로 말했다.

"불행한 일을… 알려줘야겠네. 자네 조카가…"

빅토르가 죽은 것이다. 편지에 다른 말은 없었다.

펠리시테는 칸막이벽에 머리를 기대면서 의자 위에 쓰

러졌다. 순식간에 불그스름해진 눈꺼풀이 내려앉았다. 그러고는 이마를 수그리고, 두 손을 축 늘어뜨리고, 눈을 고정시킨 채 뜨문뜨문 되뇌었다.

"불쌍한 녀석! 불쌍한 녀석!"

리에바르는 한숨을 쉬면서 그녀를 물끄러미 바라봤다.

오뱅 부인은 몸을 조금 떨었다.

부인은 트루빌에 사는 언니를 보러 가보는 게 어떠냐고 했다.

펠리시테는, 그럴 필요 없다고 고갯짓으로 대답했다.

침묵이 흘렀다. 선량한 리에바르는 자리를 뜨는 게 좋겠다고 생각했다.

그때 펠리시테가 말했다.

"별일도 아닐 텐데요, 그 사람들한테는!"

그녀는 다시 고개를 떨궜다. 그리고 이따금씩 탁자 위에 있는 긴 뜨개바늘을 무의식적으로 집어 들곤 했다.

여인네들이 물이 떨어지는 빨래가 담긴 손수레를 끌고 안마당을 지나갔다.

창문으로 그것을 바라보다가 빨랫감이 생각났다. 간밤

에 물에 담가놓았으니 오늘은 빨아 헹궈야 했다. 그래서 방에서 나왔다.

그녀의 빨래판과 통은 투크 강변에 있었다. 펠리시테는 셔츠 더미를 둑 위에 던져놓고, 소매를 걷어붙이고는 방망이를 쥐었다. 그녀가 내는 힘찬 방망이질 소리가 부근에 있는 다른 집 정원에서도 들렸다. 물가 풀밭에는 아무도 없었고, 바람에 강물이 찰랑거렸다. 저 아래쪽에서는 키 큰 풀들이 강물 쪽으로 휘어져 있었는데, 그 모양이 물에 떠 있는 시체의 머리타래 같았다. 그녀는 깊은 슬픔을 누르고 있었다. 저녁이 될 때까지는 매우 꿋꿋이 일했지만, 자기 방에 들어오자 슬픔을 더는 참을 수 없어, 침대 위에 엎드려 두 주먹을 관자놀이에 대고 얼굴을 베개 안에 파묻었다.

한참 지난 후에, 빅토르가 탔던 배의 선장에게서 조카의 최후 상황에 관한 이야기를 들었다. 황열병이라고 몸에서 너무 많은 피를 빼냈다는 것이다. 네 명의 의사가 동시에 그에게 매달렸다. 그는 곧바로 죽었다. 그러자 원장은 이렇게 말했다.

"어이구! 또 한 명!"

빅토르의 부모는 언제나 아들에게 지독하게 대했었다. 펠리시테는 그들을 만나지 않는 편이 더 나았다. 그들도 잊어버려서인지, 아니면 없는 사람들 특유의 무정함 때문인지 아무 기별도 하지 않았다.

비르지니는 쇠약해졌다.

가쁜 숨과 기침, 지속적인 열과 뺨에 난 푸른 반점으로 보아 심각한 병에 걸린 것 같았다. 푸파르 선생은 프로방스에서 지내보라고 권했다. 오뱅 부인은 그럴 작정이었다. 그리고 퐁레베크의 날씨가 이러지만 않았어도[5] 딸을 당장 집으로 데려왔을 것이다.

부인은 마차 임대주와 약정해서 매주 화요일 수녀원에 자기를 데려다 달라고 했다. 정원에는 센 강이 바라다 보이는 테라스가 하나 있다. 비르지니는 어머니의 팔을 잡고 떨어진 포도나무 잎사귀를 밟으며 그곳을 산책했다. 탕카르빌의 성에서 르아브르의 등대까지, 그 일대의 수평선과 먼 바다의 범선들을 바라보면서, 이따금 구름을 뚫고 나오는 햇살에도, 비르지니는 눈이 부신 듯 눈을 깜빡거렸다.

그런 다음에는 지붕이 푸른 잎으로 뒤덮인 정자에 앉아 쉬었다. 오뱅 부인은 작은 통에 담긴 고급 말라가 포도주를 마련해놓고, 술기운이 돈다는 생각에 재미있어 하면서 더도 아니고 두 모금씩 마셨다.

비르지니는 기운을 되찾았다. 가을이 소리 없이 갔다. 펠리시테는 오뱅 부인을 안심시켰다. 그런데 어느 날 저녁 근처에 장보러 갔다가 와보니 문 앞에 푸파르 선생의 이륜마차가 있었다. 그가 현관에 있었다. 오뱅 부인은 모자 끈을 묶었다.

"내 탕파랑 지갑이랑 장갑 가져오게, 어서!"

비르지니는 폐렴이었다. 거의 절망적인 것 같았다.

"아직 두고 봐야지요!" 의사가 말했다. 휘날리는 눈발 속에서 두 사람 모두 마차에 올랐다. 밤이 오고 있었다. 몹시 추웠다.

펠리시테는 서둘러 교회로 가서 양초에 불을 붙였다. 그러고는 이륜마차를 뒤따라 뛰어가서 한 시간 후에 따라잡아 마차 뒤로 가볍게 올라 타 밧줄을 붙잡고 가다가, 한 가지가 퍼뜩 생각났다. "안마당 문을 안 잠갔네! 도둑이 들어오면 어쩌지?" 그래서 마차에서 내렸다.

이튿날, 날이 밝자 병원으로 갔다. 의사는 돌아와 있었고, 다시 왕진을 떠났다. 그녀는, 누군가 편지라도 가져올지 모른다고 생각하면서 부근의 여인숙에 머물렀다. 결국 이른 아침에 리지외에서 오는 승합마차를 탔다.

수녀원은 가파른 골목길 끝에 있었다. 중간쯤 갔을 때 이상한 소리가, 조종 소리가 들려왔다. "다른 사람이 죽은 거겠지" 하고 생각하고는, 노커를 마구 두들겼다.

몇 분이 지나, 헌 신발 끌리는 소리가 나더니 문이 조금 열리고 수녀 하나가 나타났다.

수녀는 수심 어린 표정으로 "자매님은 조금 전에 가셨습니다"라고 말했다. 바로 그때 생레오나르 교회의 조종이 다시 울렸다.

펠리시테는 3층으로 뛰어갔다.

방문턱에 서자, 고요하게 드리워진 커튼 사이에서 그보다 더 창백한 안색으로 두 손을 모으고 입을 벌린 채, 아래쪽을 굽어보는 검은 십자가 아래 고개를 뒤로 젖히고 길게 누워 있는 비르지니의 모습이 눈에 들어왔다. 오뱅 부인은 침대 발치를 두 팔로 붙들고 숨이 끊어질 듯 오열하고 있었다. 원장 수녀가 오른쪽에 서 있었다. 작은 탁자 위에 놓인 세 개의 촛대가 붉은 반점을 만들어냈고, 안개 때문에 창문이 뿌옇게 보였다. 수녀들이 오뱅 부인을 데리고 나갔다.

이틀 밤 내내 펠리시테는 시신 곁을 떠나지 않았다. 그녀는 똑같은 기도를 되풀이하고, 성수를 침대 시트에 뿌리고는 다시 와 앉아서 비르지니를 바라보았다. 첫날밤을 새우고 나서 그녀는, 비르지니의 얼굴이 누렇게 되고, 입술은 푸르스름해지고, 코는 홀쭉해지고 눈이 움푹해진 것을 알았다. 펠리시테는 그 눈에 여러 번 입을 맞췄는데, 비르지니가 눈을 다시 떴다 해도 그다지 놀라지는 않았을 것이다. 그러한 영혼들에게는 초자연적인 일이 아주 흔히 일어난다. 그녀는 비르지니의 몸을 마지막으로 닦아주고, 수의를 입혀 관에 넣고는, 화환을 놓아주고 머리를 곱게 펼쳐주었다. 금발머리는 나이에 비해 이상할 정도로 길었다. 펠리시테는 머리털을 한 움큼 잘라, 한 오라기도 빠져나오지 않도록 절반을 자기 품 안에 밀어 넣었다.

시신은 오뱅 부인의 뜻에 따라 퐁레베크로 옮겨왔다. 부인은 창문을 가린 마차에 타고 운구 마차를 따라갔다.

미사가 끝나고, 묘지까지 가는 데 45분이나 걸렸다. 폴은 맨 앞에 서서 흐느껴 울면서 걸었다. 부레 씨가 그 뒤를 따라갔고, 다음에는 마을의 유지들과 검은 망토를 두른 여인들, 그 다음이 펠리시테였다. 그녀는 조카 생각이 났다. 그 아이한테는 이런 장례를 치러줄 수 없었다고 생각하니 조카를 비르지니와 함께 땅에 묻기나 하는 것처럼 슬픔이 더 커지는 것이었다.

오뱅 부인의 절망은 끝이 없었다.

처음에는, 딸을 — 아무 죄도 짓지 않았고 그렇게나 양심이 깨끗한 아인데! — 데려갔다고 생각하여 하느님을 원망했다. 아니야! 아이를 남쪽으로 데려갔어야 했어. 다른 의사들이라면 살렸을지도 몰라! 그녀는 자신을 탓하고, 딸을 따라가고 싶어하고, 꿈속에서도 비탄에 잠겨 큰 소리로 외쳤다. 특히 한 가지 꿈이 머리에서 떠나지 않았다. 남편이 선원처럼 옷을 입고, 오랜 항해에서 돌아와, 비르지니를 데려오라는 명령을 받았다고 울면서 말하는 것이었다.

그래서 두 사람은 어딘가에 딸을 숨겨둘 곳을 찾아보려고 의논한 꿈이었다.

한번은, 부인이 정원에서 들어오더니, 제 정신이 아니었다. 조금 전에 (부인은 그 장소를 가리켰다) 남편과 딸이 나란히 눈앞에 나타나서, 아무것도 하지는 않고, 자기를 쳐다보기만 했다는 것이다.

여러 달 동안, 부인은 기가 빠져나간 사람처럼, 방 안에 틀어박혀 있었다. 펠리시테는 부인에게 타이르듯이 조용히 말했다. 아드님 생각을 해서라도, 그리고 또 "따님"의 명복을 빌어주기 위해서라도 건강하셔야 한다고 했다.

"딸이라고?" 오뱅 부인은 잠에서 깨어나는 사람처럼 되물었다. "오, 그렇지!… 그래! 자네는 내 딸을 잊지 않고 있구나!" 조심스러워서 부인 앞에서는 입 밖에 내지 않던 묘지 얘기를 넌지시 꺼냈다.

펠리시테는 날마다 묘지에 찾아갔다.

정확히 네시가 되면 그녀는 건물 쪽에 바짝 붙어 걸으면서 마을을 빠져나가 언덕으로 올라갔다. 묘지의 문짝을 열고 들어가면 바로 비르지니의 묘가 있었다. 묘는 아래에

상석을 놓아 분홍색 대리석으로 세운 작은 원기둥으로, 둘레에 사슬을 드리워 조그만 정원을 꾸며놓았다. 화단은 흙이 보이지 않을 정도로 꽃들로 뒤덮여 있었다. 그녀는 잎사귀에 물을 뿌려주고, 모래를 다시 매만지고, 무릎을 꿇고 흙을 더 고르게 펴줬다. 오뱅 부인도 묘지에 가는 날이면 위안을 받는다고 할까, 마음이 진정되는 것이었다.

그 후 세월이 흘렀다. 부활절이며, 성모 승천일, 만성절 같은 중요한 축일이 해마다 돌아오는 것 말고는 별다른 일 없는 그렇고 그런 나날이었다. 이런저런 집안일이 한 해의 사건이 되어 나중에 그날을 돌아보게 만들었다. 1825년에는 유리 직공 두 사람이 와서 현관을 수리했고, 1827년에는 지붕 한쪽이 안마당으로 떨어져 하마터면 사람을 죽일 뻔했고, 하는 식이었다. 1828년 여름에는 성찬식 빵을 부인이 바치는 차례가 되었다. 부레는 이 무렵, 무슨 일인지 마을에 없었다. 옛날의 지인들인 기요, 리에바르, 르샤투아 부인, 로블랭, 오래 전에 반신불수가 되었던 그르망빌 아저씨도 하나 둘 떠나갔다.

어느 날 밤, 우편마차 마부가 퐁레베크에 7월 혁명 소식을 전했다. 며칠 지나지 않아 새 군수가 임명되었다. 전직 미국 영사였던 라르소니에르 남작 집에는 아내 말고도, 벌써 상당히 자란 세 딸을 둔 처제가 있었다. 하늘거리는 블라우스 차림의 그녀들이 정원 잔디에 있는 모습이 보이곤 했다. 그 집에는 흑인 하인과 앵무새 한 마리가 있었다. 오뱅 부인은 그 일가족의 방문을 받았고, 그에 대한 답례도 잊지 않았다. 아무리 먼 곳에서도 그녀들이 보이기만 하면, 펠리시테는 부인에게 알려주려고 뛰어왔다. 그러나 단 한 가지, 아들에게서 오는 편지만이 부인의 마음을 움직일 수 있었다.

폴은 술집에 박혀 지내느라, 어떤 직업도 진득하게 가질 수 없었다. 부인은 아들의 빚을 갚아주었다. 그러면 또 빚을 졌다. 창가에서 뜨개질하면서 오뱅 부인이 내쉬는 한숨 소리가, 부엌에서 물레를 돌리는 펠리시테에게까지 들려왔다.

부인과 펠리시테는 과일나무 울타리를 따라 함께 거닐었다. 이런 건 그 애가 좋아했을까, 이럴 때면 그 애가 뭐라고 말했을까, 하고 주거니 받거니 하면서 언제나 비르지니

얘기를 하는 것이었다.

비르지니가 쓰던 자잘한 소지품은 침대 두 개가 있는 방의 벽장 안에 들어 있었다. 오뱅 부인은 그곳을 되도록이면 자주 들여다보지 않으려고 했다. 어느 여름날, 하는 수 없어 들여다보니 안에서 나방이 날아 나왔다.

비르지니의 옷가지는, 인형 세 개, 굴렁쇠, 소꿉, 사용하던 세면기를 얹어놓는 시렁 아래 가지런히 놓여 있었다. 두 여자는 약속이나 한 듯이 치마와 양말과 손수건을 꺼내서 다시 개어 넣기 전에 두 침대 위에다 펼쳐놓아 보는 것이었다. 햇빛이 이 애처로운 물건들을 비추어, 거기에 묻어 있는 얼룩과 비르지니의 몸놀림에 따라 접히던 주름까지 볼 수 있었다. 날은 덥고 하늘은 푸른 데다 티티새 한 마리가 지저귀고 있어, 모든 것이 깊숙한 다사로움 속에서 살아 있는 것만 같았다. 두 사람은 자그맣고 보풀보풀한 밤색 벨벳 모자를 찾아냈다. 그런데 그것은 온통 좀이 슬어 있었다. 펠리시테는 그것을 자기가 갖고 싶다고 했다. 두 사람의 눈은 서로를 똑바로 바라보았고, 눈물로 가득했다. 마침내 여주인이 두 팔을 벌렸고, 하녀는 그 안에 몸을 던졌다. 그러고는 위아래를 잊게 만드는 입맞춤 속에서 가눌 수 없는 슬픔이 진정될 때까지 서로 부둥켜안고 있었다.

오뱅 부인은 감정을 드러내는 성격이 아니기 때문에, 이것은 둘 사이에 처음 있는 일이었다. 펠리시테는 은혜라도 입은 것처럼 이 일로 부인에게 감사했고, 그때부터는 동물 같은 헌신과 종교적인 존경심으로 부인을 깊이 사랑했다.

펠리시테의 진심 어린 선량함이 발휘되었다.

거리에서 행군하는 연대의 북소리가 들릴 때면 그녀는 사과주 항아리를 들고 문 앞에 서서 병사들에게 마시게 했다. 콜레라 환자들도 보살폈다. 폴란드인들[6]을 보호해주기도 했다. 그중에는 펠리시테에게 결혼신청을 한 사람도 있었다. 그런데 두 사람은 사이가 틀어졌다. 어느 날 아침 그녀가 삼종기도에서 돌아왔을 때, 사내가 부엌에 숨어들어와 드레싱을 만들어 소리 없이 먹고 있는 걸 발견한 것이 사달이 되었다.

폴란드인들 다음은, 93년 공포정치 때 굉장한 짓을 했다고 소문이 난 콜미슈 영감이었다. 노인은 강가에 있는 무너진 돼지우리 터에서 살고 있었다. 짓궂은 아이들이 벽의 갈라진 틈으로 그를 들여다보고 돌멩이를 던지면 그가 누워 있는 초라한 침대에 떨어졌다. 노인은 봉두난발에 눈은 이글거리고 팔뚝에는 머리통보다 큰 종양이 나 있었고, 카타르성 호흡기 질환으로 그칠 새 없이 쿨룩거렸다. 펠리시테는 노인에게 속옷을 갖다 주고, 애써 그의 오두막을 치워주고, 여주인에게 폐를 끼치지 않는다면 집의 빵 굽는 방에다 노인의 거처를 만들어줄까도 생각해봤다. 팔뚝의 종양이 곪아 터졌을 때 펠리시테는 날마다 거기에 붕대를 감아주고, 때로는 갈레트를 가져다주고, 짚을 깔아 노인을 그 위에 앉혀서 볕을 쬐게 해주었다. 그 불쌍한 늙은이는 침을 흘리고 몸을 부들부들 떨면서 나오지 않는 목소리로 고마움을 표시했다. 펠리시테가 오지 않을까 봐 걱정하기도 했고, 그녀가 돌아가는 것을 보면 두 손을 내밀었다. 노인은 죽었다. 펠리시테는 노인의 넋이 편히 쉴 수 있도록 미사를 올려주었다.

그날은 펠리시테에게 굉장히 기쁜 일이 생겼다. 저녁식사 때 라르소니에르 부인의 하인이 와서 새장 안에 들어 있는 앵무새를 홰, 사슬, 맹꽁이 자물쇠와 함께 건네주었다. 남작 부인이 오뱅 부인에게 보낸 쪽지에는, 남편이 지사로 승진하게 되어 그날 저녁에 가족이 이곳을 떠난다고 적혀 있었다. 그리고 오뱅 부인에게, 추억거리로, 또 경의의 표시로 이 새를 받아주었으면 한다고 했다

이 새는 오래전부터 펠리시테의 머릿속을 차지하고 있었다. 그것이 미국에서 왔고, 미국이라는 단어는 빅토르를 생각나게 했기 때문이다. 그래서 흑인 하인에게 이것저것 물어봤다. 한번은 이렇게 말하기도 했다. "이 새가 있으면 분명히 마님이 기뻐하실 거야!"

흑인은 자기 여주인에게 이 말을 전했었는데, 새를 가져갈 수 없어서 이런 식으로 해치운 것이었다.

IV

앵무새의 이름은 룰루였다. 등은 녹색이고, 날개 끝은 분홍, 머리가 파랗고 목 주변은 황금빛이었다.

그런데 홰를 쪼아대는 고약한 버릇이 있는 데다, 제 털을 뽑고, 배설물을 흩뜨리고, 물통에 있는 물을 엎지르곤 했다. 오뱅 부인은 그것이 성가셔 펠리시테에게 새를 아예 줘버렸다.

펠리시테는 앵무새를 교육시키기로 했다. 벌써 "귀여운 도련님! 인사드립니다, 나리! 안녕하세요, 마리[7]!" 하고 따라했다. 문 옆에 앵무새를 매달아 놓았는데, 흔히 어느 앵무새나 자코라고 불리기 때문에, 자코! 자코! 해도 따라하지 않는 것을 보고 이상하게 생각한 사람도 여럿 있었다. 멍청이, 고집불통이라고 놀리는 사람도 있었다. 그럴 때마다 펠리시테는 몹시 속이 상했다. 사람들이 쳐다보면 입을 다물어버리는 룰루의 이상한 고집이라니!

그러면서도 사람들이 모이는 걸 좋아했다. 일요일이면, 로슈푀유 집안의 아씨들, 드 우프빌 씨와 새로운 단골들인 약제사 옹프루아, 바랭 씨 그리고 마티외 선장이 카드놀이를 하는 동안, 룰루가 날개로 유리창을 탁탁 쳐대고 어찌나 야단법석을 떠는지 말소리가 하나도 들리지 않았으니 말이다.

부레의 얼굴은 틀림없이 룰루에게 몹시 우스꽝스러워 보였던 것 같다. 그를 알아보자마자 룰루는 웃기 시작했다. 그것도 죽어라고 웃는 것이었다. 룰루의 깔깔거리는 소리가 안마당에 퍼져 울리고, 그 웃음소리가 메아리치면 이웃들은 창가에 몰려와 내다보면서 함께 웃었다. 그래서 부레 씨는 앵무새에게 얼굴을 보이지 않으려고 모자로 옆모습을 가리면서 벽에 바짝 붙어 가만가만 걸어 나가 강에 이르고, 정원 쪽으로 난 문을 통해 안으로 들어왔다. 그러다 보니 그가 이 새를 바라보는 눈길에는 다정함이 없었다.

룰루는 정육점 청년의 바구니에 얼굴을 처박는다고 그에게서 꿀밤을 맞았다. 그때부터 룰루는 셔츠 위로 그를 자꾸 콕콕 찌르려고 했다. 파뷔는 새에게 목을 졸라버린다고 을러댔다. 팔뚝에 문신이 있고 짙은 구레나룻을 하고 있기는 해도 난폭한 청년은 아니었다. 그 반대였다. 그는 오히려 이 앵무새가 마음에 들어, 장난삼아 욕설을 가르쳐 주고 싶은 것뿐이었다. 펠리시테는 이런 짓을 하면 큰일난다고 생각해서 앵무새를 부엌에 갖다 놓았다. 몸에 매달려 있던 사슬이 풀려서 룰루는 집 안을 돌아다녔다.

계단을 내려갈 때는 부리의 구부러진 곳을 층계에 걸치고, 오른쪽 다리를 들어 올린 다음 왼 다리를 들어 올리는 식이었다. 그러면 펠리시테는 그런 묘기를 부리다가 어지러워하지 않을까 걱정이었다. 룰루가 병이 나서 말도 않고 먹지도 않았다. 그건 가끔 암탉에게 생기는 것과 같은 혀 밑이 부어오르는 병이었다. 펠리시테는 손톱으로 이 막을 떼어내 낫게 했다. 폴 도련님은 어느 날 경솔하게도 룰루의 코 안에 담배연기를 뿜었다. 또 한번은 로르모 부인이 파라솔 끄트머리로 룰루를 귀찮게 하자, 새는 파라솔 쇠테를 꽉 물어버렸다. 마침내 룰루가 없어졌다.

앵무새에게 바람을 쐬어주려고 풀 위에 놓고 잠시 자리를 비웠다. 그런데 돌아와보니 앵무새가 없다! 먼저 우거진 나무 사이를 찾아보고, 물가에도 가보고, 여주인이—"조심하게나! 제 정신이 아니군!" 하고 외치는 소리도 못 듣고 지붕 위에도 올라가봤다. 다음에는 퐁레베크에 있는 정원이란 정원을 모조리 뒤졌다. 지나가는 사람들을 붙들고—"혹시 어디서 내 앵무새 못 보셨나요?" 하고 묻기도 했다. 룰루를 알지 못하는 사람들에게는 생김새를 자세히 설명해주었다. 얼핏, 언덕 아래에 있는 풍차방앗간 뒤에서 초록색 물체가 파닥이는 걸 본 것 같았다. 그런데 언덕 위에서 보니 아무것도 없었다! 큰 짐을 진 행상인이 생플렌에 있는 시몽 어멈 가게에서 조금 전에 분명히 그 새를 봤다고 했다. 펠리시테는 그곳으로 달려갔다. 상대방은 무슨 말을 하는지 알아듣지 못했다. 결국 펠리시테는 지친 데다 낡은 신발이 다 해어져서 할 수 없이 돌아왔다. 오뱅 부인과 함께 정원 벤치에 앉아 동분서주했던 일들을 하나하나 이야기하던 참이었다. 그때 뭔가 사뿐한 것이 어깨 위에 내려앉았다. 룰루다! 이놈이 대체 무슨 짓을 한 거야? 이 부근에서 돌아다니고 있었나 봐!

펠리시테는 기력이 여간해서 회복되기 어려웠다. 아니 끝내 회복되지 않았다.

오한이 나더니, 인후염에 걸리고, 얼마 후에는 귓병이 났다. 삼 년이 지나 펠리시테는 귀머거리가 되어, 교회에서조차 큰 소리로 말했다. 그녀가 지은 죄라면 본인에게도 부끄럽지 않을뿐더러 다른 사람들에게도 지장이 없어서 교구 구석구석까지 퍼뜨려도 될 만한 것이었지만, 사제는 그녀의 고해를 성구실에서만 듣는 것이 좋겠다고 생각했다.

귀울림 때문에 펠리시테는 완전히 혼란스러워졌다. 종종 여주인이 "세상에! 바보 같기는!" 하면, 주변에서 뭔가를 찾으면서 "네, 마님" 하고 대답했다.

펠리시테 머릿속의 좁은 세계는 더욱 좁아져서, 교회의 종소리도 소의 울음소리도 그녀에게는 더 이상 존재하지 않았다. 모든 것이 환영幻影의 침묵 속에서 움직였다. 한 가지 소리만 이제 그녀의 귀에 들려왔다, 앵무새의 목소리만이.

펠리시테를 즐겁게 해주려는 듯, 새는 꼬치회전기의 똑딱 소리도, 생선장수의 날카로운 외침소리도, 건너편에 사는 소목장이의 톱질 소리도 흉내 내어 들려주었다. 초인종 소리가 나면 오뱅 부인 목소리를 내면서 — "펠리시테! 문 열어요! 문 열어!" 하는 것이었다.

펠리시테와 룰루는 말을 주고받았다. 룰루가 먼저 제가 아는 세 마디를 질리도록 지껄이면 펠리시테는 앞뒤가 안

맞는 말로 대답하는데, 그걸로도 그녀의 마음은 후련해졌다. 룰루는, 펠리시테의 외로운 생활에서 거의 아들이자 연인이었다. 앵무새는 그녀의 손가락 위로 기어오르고, 입술을 살살 깨물고, 삼각 숄에 매달렸다. 유모들이 하는 것처럼 고개를 끄덕이며 이마를 수그리면, 펠리시테가 쓴 보닛의 넓은 깃과 새의 날개가 함께 너울거렸다.

먹구름이 몰려오고 천둥이 치자 룰루는 소리를 질러댔다. 제가 살던 숲속의 소나기가 생각나는 모양이었다. 빗물이 철철 넘쳐흐르는 것을 보고 새는 좋아서 어쩔 줄 몰랐다. 정신없이 날아다니고, 천장으로 올라가고, 물건을 모조리 뒤엎더니 창문으로 나가서 정원에 들어가 찰박거렸다. 그래도 벽난로 장작 받침쇠 위로 재빨리 되돌아와서, 털을 말리려고 팔짝팔짝 뛰면서 꼬리를 보여주기도 하고, 부리를 내밀기도 했다.

끔찍하게 추웠던 1837년의 어느 겨울날 아침, 날이 추워서 펠리시테는 룰루를 벽난로 앞에 두었는데, 새장 안에서, 고개를 늘어뜨리고, 발톱을 철사에 걸친 채, 새는 죽어 있었다. 혹시, 충혈 때문에 죽은 걸까? 펠리시테는 파슬리에 중독되었다고 생각했다. 그래서 아무 증거가 없는데도 파뷔를 의심했다.

펠리시테가 얼마나 울었던지 여주인이, ― "정 그러면, 박제라도 하지 그러나!" 하고 말할 정도였다.

펠리시테는 언제나 앵무새를 귀여워해주었던 약제사에게 상담했다.

약제사는 르아브르에 편지를 보냈다. 펠라셰인가 하는 사람이 그 일을 맡게 되었다. 그러나 승합마차가 가끔 소포를 잘못 전달하기 때문에, 펠리시테는 옹플뢰르까지 직접 가져가기로 했다.

잎이 떨어진 사과나무 가로수길이 이어졌다. 도랑은 얼어 있었다. 개들이 농가 주변에서 짖어댔다. 두 손을 코트 안에 넣고, 검은색 작은 나막신을 신고 바구니를 팔에 건 채, 펠리시테는 보도 한가운데로 부지런히 걸어갔다.

숲을 빠져나와서 오셴을 지나, 생가시앵에 이르렀다.

뒤쪽에서, 잔뜩 먼지를 일으키며 내리막길의 기세로 내닫는 우편마차 한 대가 회오리처럼 전속력으로 돌진해왔다. 길을 비켜주지 않는 이 여자를 보자, 말몰이꾼은 덮개

밖으로 몸을 내밀면서 큰 소리도 질렀지만, 몰이꾼이 죄어 대는 고삐로도 속도를 늦출 수 없는 네 마리의 말은 마냥 질주했다. 앞에서 달리는 두 마리가 펠리시테를 스쳐갔다. 마부가 고삐를 힘껏 당겨 말을 길가로 획 비켜놓기는 했지만, 화가 난 나머지 팔을 들어 큰 채찍으로 펠리시테의 배에서 틀어 올린 머리채까지 있는 힘을 다해 후려치자 그녀는 뒤로 나자빠지고 말았다.

펠리시테는 정신이 들었을 때 바구니부터 열어보았다. 다행히 룰루는 무사했다. 오른 뺨이 불에 덴 것처럼 화끈거렸다. 뺨에 갖다 댄 손이 빨갰다. 피가 흐르고 있었다.

펠리시테는 자갈밭에 앉아 손수건으로 얼굴을 찍어 누르고는, 준비성 있게 바구니 안에 넣어 온 빵껍질을 먹었고, 새를 쳐다보면서 자기 얼굴에 난 상처는 아무래도 괜찮다고 생각했다.

에크모빌의 언덕 꼭대기에 이르자, 어둠 속에서 수많은 별처럼 반짝이는 옹플뢰르의 불빛들이 보였다. 바다가, 저 멀리 희미하게 펼쳐져 있었다. 그때 온몸에서 기운이 빠져나가 걸음을 멈추었다. 어린 날의 가난이, 첫사랑에 속은 일이, 조카의 출항이, 비르지니의 죽음이 밀물처럼 한꺼번에 밀려오더니, 목까지 치밀어 올라 숨이 막혀버릴 것 같았다.

이제 옹플뢰르에서 르아브르까지 가는 배의 선장을 만나 말해둬야겠다고 생각했다. 자기가 무엇을 보내는지는 말하지 않고 그에게 이것저것 주의해달라고만 했다.

펠라셰가 오랫동안 앵무새를 갖고 있었다. 그는 언제나 다음 주면 된다고 했다. 여섯 달이 지난 뒤에, 케이스를 보낸다는 통지가 왔다. 그런데 그뿐, 아무 소식도 없었다. 절대로 룰루는 돌아오지 않을 거라고 생각할 수밖에 없었다. "룰루를 훔쳐갔을 거야!" 하고 펠리시테는 생각했다.

마침내 그것이 왔다. — 그것도 훌륭한 모습으로, 마호가니 받침대에 나사를 박아 끼워놓은 나뭇가지 위에 반듯하게 서서, 한쪽 다리를 들고, 고개는 갸웃이 기울이고, 웅대함을 좋아하는 박제사의 취향 때문인지 금박을 입힌 호두를 입에 물고 있었다.

펠리시테는 그것을 자기 방 안에 넣어두었다.

그 방은 사람이 드나드는 일이 거의 없었고, 경건한 물건들과 잡동사니가 잔뜩 들어 있어서 예배당을 겸한 잡화점 같이 보였다.

커다란 장롱이 문을 열 때면 거치적거렸다. 바깥 정원 쪽으로 튀어나온 창문 맞은편에는 안마당이 보이는 작은 원형 창이 하나 있었다. 간이침대 옆에 있는 탁자 위에는 물병이 하나, 빗이 두 개, 이 빠진 접시에 담긴 네모난 파란 비누가 놓여 있었다. 벽에는 묵주, 메달, 여러 종류의 마리아 상, 야자열매로 만든 성수반 등이 걸려 있었고, 제단처럼 보를 씌운 작은 탁자 위에는 빅토르가 선물한 조개 세공 상자가 놓여 있었다. 그 다음에는 물뿌리개와 공, 공책 몇 권, 판화 지도책, 반장화 한 켤레, 그리고 벽거울 못에는 리본으로 묶어 걸어놓은 보풀보풀한 조그만 벨벳 모자도 보였다! 펠리시테는 이런 유의 공경심을 더욱더 키워가, 주인님의 프록코트 하나를 보관하기도 했다. 오뱅 부인이 더 이상 원치 않는 온갖 낡은 물건들을 펠리시테는 자기 방으로 가져온 것이다. 서랍장 끝에 조화造花가 있고, 지붕창 안벽에 아르투아 백작의 초상화가 있는 것도 그 때문이었다.

작은 판자 하나를 써서, 룰루는 방 쪽으로 도드라진 벽난로 위에 놓이게 되었다. 매일 아침 눈을 뜨면 그녀는 밝은 새벽빛을 받은 룰루의 모습을 보았고, 그럴 때면 지난날들이, 아무 의미도 없는 일들이 가장 시시하고 소소한 것에 이르기까지, 어떤 슬픔도 없이 가득한 고요 속에서 떠올랐다.

아무와도 이야기를 주고받는 일 없이, 펠리시테는 몽유병 같은 무감각 상태 안에서 살고 있었다. 성체축일의 행렬이 그녀에게 활기를 가져다주었다. 거리에 세워지는 가제단을 장식하기 위해 이웃 여자들과 촛대와 돗자리를 구하러 다녔다

교회에서 그녀는 항상 성령의 모습을 바라보았는데, 그 모습에 어딘가 앵무새 같은 데가 있는 것을 알게 되었다. 그 닮은 점은 우리 주님이 세례 받는 장면을 그려놓은 에피날 판화에서 훨씬 두드러져 보였다. 진홍빛 날개와 에메랄드 빛 몸을 하고 있는 그 성령은 룰루의 모습 그대로였다.

그 그림을 사서 아르투아 백작 초상화 대신 걸었다. —그

렇게 했더니 성령과 룰루를 한눈에 모두 볼 수 있게 되었다. 앵무새는 성령과의 이러한 관계를 통해 성스러워 보이고, 성령은 그녀의 눈에 더욱 살아 있는 것 같고 자기 말을 알아듣는 존재가 되어, 이 둘은 펠리시테의 마음속에서 서로 맺어졌다. 하느님 아버지는 당신의 생각을 말씀으로 드러내기 위해, 비둘기는 목소리를 내지 못하니 그런 짐승 말고, 오히려 룰루의 조상 하나를 선택하실 수 있었을 거야. 그래서 펠리시테는 성령 그림을 보고 기도하면서 가끔 앵무새 쪽을 잠깐씩 돌아보기도 했다.

펠리시테는 성모 마리아의 동정녀들 속에 끼고 싶어했다. 오뱅 부인이 그것을 말렸다.

한 가지 중요한 사건이 일어났다. 폴의 결혼이다.

처음에 공증인 서기가 되었다가, 그 다음에는 장사, 세관, 세무서를 거쳐 치수임야청治水林野廳에 취업교섭을 시작하기도 했는데, 서른여섯에 갑자기, 하늘의 계시인지, 폴은 자신의 길을 찾아냈다. 등기사무를! 그리고 그 방면에서 대단한 능력을 발휘하여 어느 검사관이 그에게 후원을 약속하면서 딸을 주게 된 것이다.

성실해진 폴은 어머니에게 아내를 데려왔다.

며느리는 퐁레베크의 관습을 흉보고, 잘난 척하고, 펠리시테의 기분을 상하게 했다. 오뱅 부인은 며느리가 떠나자 한시름 놓았다.

그 다음 주에는 부레 씨가 저지 브르타뉴에 있는 한 여인숙에서 죽었다는 소식이 들렸다. 자살이라는 소문이 사실로 확인되었다. 그의 성실함도 의심을 샀다. 오뱅 부인이 그의 계산서들을 조사해보니, 악랄한 짓이 줄줄이 드러났다. 체납금 횡령, 몰래 해치운 산림 매각, 가짜 영수증 등등. 게다가 그에게는 숨겨놓은 자식이 하나 있었고, "도젤레에 사는 어떤 여자와의 관계"도 있었다.

이 파렴치한 일들이 오뱅 부인을 몹시 상심케 했다. 1853년 3월에 부인은 가슴의 통증을 호소했다. 그녀의 혀는 연기로 뒤덮인 것 같았다. 거머리도 숨 막힘을 진정시켜주지 못했다. 아흐레째 밤 그녀는 숨을 거두었다. 만 일흔두 살이었다.

마마자국이 있는 파리한 얼굴을 감싸고 있는 앞가르마 탄 갈색 머리 때문에 나이가 덜 들어 보였다. 오뱅 부인의 태도는 사람을 밀어내는 거만한 데가 있었기 때문에 그녀를 애석히 여기는 친구도 거의 없었다.

주인을 위해 울어주는 사람들이 없는 시절에, 펠리시테는 오뱅 부인의 죽음에 슬피 울었다. 마님이 자기보다 먼저 세상을 떠난 것이 펠리시테의 마음을 어수선하게 만들었다. 이것이 그녀에게는 만물의 이치를 거스르는 것으로, 당치도 않은 기괴한 것으로 생각되었다.

열흘이 지난 후(브장송에서 달려오는 데 걸리는 시간), 상속인 부부가 들이닥쳤다. 며느리가 서랍을 뒤지고, 가구를 고르고, 나머지는 팔아치운 다음, 두 사람은 등기소로 돌아갔다.

마님의 팔걸이의자도, 작은 원탁도, 탕파도, 의자 여덟 개도 떠났다! 판화들이 걸려 있던 자리는 칸막이벽 한가운데 누런 네모 모양의 자국으로 남아 있었다. 어린이 침대 두 개도 매트와 함께 가져가버렸고, 벽장에는 비르지니의 모든 소지품들이 하나도 남아 있지 않았다! 펠리시테는 슬픔에 젖어서 계단을 다시 올라갔다.

이튿날, 문에 벽보가 붙었다. 집을 팔려고 내놨다고 약제사가 펠리시테의 귀에 대고 큰소리로 말해줬다.

그녀는 다리가 휘청거려 의자에 앉을 수밖에 없었다.

무엇보다도 그녀의 가슴을 심히 아프게 한 것은 자기 방을 내놓는 일이었다. ― 불쌍한 룰루에게 그렇게나 안락한 방인데. 걱정스러운 눈으로 룰루를 들여다보면서 펠리시테는 성령에게 기도하다가, 앵무새 앞에 무릎을 꿇고 기도문을 웅얼거리는 우상숭배의 습관이 들었다. 어쩌다 지붕창으로 들어온 햇빛이 룰루의 유리 눈에 떨어져, 거기에서 반짝이는 강렬한 빛줄기가 반사되어 나오면 펠리시테는 법열을 느끼는 것이었다.

그녀에게는 여주인에게서 물려받은 삼백팔십 프랑의 연금이 있었다. 정원은 그녀에게 채소를 주었다. 옷가지로 말하자면, 죽는 날까지 입을 정도만 갖고 있었고, 해가 지면 잠자리에 들어 불을 아꼈다.

집에서 쓰던 가구 몇 가지가 진열되어 있는 중고 가구점을 보기 싫어 거의 집 밖에 나가는 일이 없었다. 에크모빌에서 실신한 후, 펠리시테는 한쪽 다리를 절었다. 그리고 힘도 없어져서, 장작 쪼개기와 물 펌프질은 식료품가게를

하다 망한 시몽 어멈이 매일 아침 와서 해주었다.

시력도 약해졌다. 덧창도 이제는 열지 않았다. 여러 해가 지나갔다. 그리고 집은 세도 나가지 않고 팔리지도 않았다.

집에서 내쫓길까 두려워서 펠리시테는 수리를 부탁하는 일도 없었다. 지붕의 널판장들은 썩어갔다. 겨울 한 철을 지내는 동안 침대에 놓인 베개는 축축해졌다. 부활절을 보내고 나서 펠리시테는 피를 토했다.

그래서 시몽 어멈이 의사에게 도움을 청했다. 펠리시테는 자기가 어떤 상태인지 알고 싶어했다. 그러나 말을 알아듣기에는 너무나 귀가 먹어, "폐렴"이라는 한 마디만 겨우 들렸다. 그 말을 펠리시테는 알고 있어서, 조용히 되뇌었다.

"아! 마님하고 같구나" 하면서, 여주인을 따라가는 것이 당연하다고 생각했다.

가제단을 만드는 시기가 다가왔다.

첫 번째 것은 언제나 언덕 아래 세워졌고, 두 번째는 우체국 앞에, 세 번째는 도로 가운데쯤이었다. 이 세 번째 제단 일로 경쟁이 붙었다. 그래서 소교구 여신도들은 결국 오뱅 부인 집 안마당을 선택했다.

호흡곤란과 열이 심해졌다. 펠리시테는 제단 일에 아무것도 도와줄 수 없어 슬퍼했다. 뭐라도 해줄 수 있으면 좋으련만! 문득 앵무새를 생각해냈다. 그건 마땅치 않다고 이웃 여자들이 반대했다. 그러나 주임사제는 허락해주었다. 그렇게 되어 얼마나 기뻤는지 자기가 죽으면 단 하나의 보물인 룰루를 받아달라고 사제에게 부탁했다.

화요일부터 성체축일 전날인 토요일까지 펠리시테는 더욱 밭은 기침을 했다. 저녁이 되자 그녀의 얼굴이 일그러졌고, 입술은 잇몸에 달라붙었고, 구토가 났다. 그리고 이튿날은, 새벽에 체력이 급격히 떨어지는 것을 느껴 신부를 불러오게 했다.

종부성사를 하는 동안 세 명의 노파가 펠리시테 곁에 있었다. 잠시 후 그녀는 파뷔에게 할 말이 있다고 말을 꺼냈다.

정육점 청년은 외출복 차림으로, 이런 음산한 분위기를 마뜩잖아 하면서 들어왔다.

“정말 미안해요” 하고는, 펠리시테는 팔을 뻗으려고 애쓰면서 말했다. “나는 룰루를 죽인 게 파뷔라고 생각했어요!”

그런 고약한 말을 하다니 도대체 이게 무슨 소리람? 자기 같은 사람을 살해범으로 의심했다니! 파뷔는 너무나 화가 나서 한바탕 소란을 피우려 했다.

“댁들도 아시다시피, 이 분은 제 정신이 아니군요!”

펠리시테는 때때로 헛것을 보고 말을 걸었다. 노파들은 돌아갔다. 시몽 어멈이 와서 점심을 먹었다.

조금 있다가 그 어멈은 룰루를 가져와 펠리시테에게 가까이 대주면서 말했다.

“자, 이제 작별인사를 해야지!”

룰루는 시체가 아니었는데도 벌레에게 잔뜩 파먹혀 있었다. 날개 하나는 부러졌고, 배에서는 실뭉치가 비어져 나왔다. 이제는 눈조차 보이지 않는 펠리시테는 그래도 앵무새의 이마에 입을 맞추고 자기 뺨에 갖다 대기도 했다. 시몽 어멈이 룰루를 도로 가져가서 제단 위에 놓았다.

플로베르가 루앙박물관으로부터 빌린 앵무새 박제

V

목초지에서 여름 냄새가 실려 왔다. 파리가 붕붕거렸다. 태양이 강물을 반짝이게 했고, 석반석 지붕에 내리쬐었다. 시몽 어멈은 방으로 돌아와 조용히 잠들었다.

종소리가 어멈의 잠을 깨웠다. 저녁 예배가 끝난 것이다. 펠리시테의 섬망증도 없어졌다. 성체축일의 행렬을 생각하면서, 자기도 행렬을 따라가기나 하는 것처럼 그 광경을 떠올렸다.

마을의 초등학생 전체와 성가대원들, 소방관들이 보도에서 행진하는 동안, 차도 한가운데에서는 선두에 미늘창[8]을 멘 교회 관리인, 커다란 십자가를 든 교회지기, 아이들을 통솔하는 선생님, 담당 여학생들을 걱정스러워하는 수녀가 걸어갔다. 천사처럼 곱슬머리를 한 가장 아리따운 세 명의 소녀가 공중에 장미꽃잎을 뿌렸다. 부사제는 두 팔을 벌려 음악의 박자를 맞추었다. 향로를 흔드는 두 사람은 한 발짝 걸을 때마다, 네 명의 교회간사가 들고 가는 선홍색 벨벳 닫집 아래, 아름다운 사제복을 입은 주임사제가 받쳐 든 성체 쪽을 돌아보았다. 그 뒤로 사람들 물결이 주택 담장에 드리워진 흰 장막 사이를 밀치고 나아갔다. 마침내 언덕 아래에 이르렀다.

식은땀이 펠리시테의 관자놀이를 적셨다. 시몽 어멈은 가제수건으로 닦아주면서, 언젠가는 자기도 이런 일을 겪어야 할 거라고 혼잣말을 했다.

군중의 웅성거림이 점점 커졌다가, 잠시 몹시 크게 들리더니, 멀어졌다.

총소리에 유리창이 흔들렸다. 그것은 성체 현시대에 경배를 올리는 역마차 마부들이 내는 소리였다. 펠리시테는 눈동자를 굴리더니, 그녀가 낼 수 있는 제일 작은 소리로 말했다.

"별일 없을까?" 앵무새가 걱정되었던 것이다.

그녀의 단말마가 시작되었다. 점점 거칠어진 헐떡거림에 늑골이 들썩거렸다. 입가에서 거품이 나오고, 온몸이 떨렸다.

이윽고 낮은음 목관 소리, 아이들의 밝은 목소리, 남자들의 굵은 목소리가 또렷이 들렸다. 그 모든 것이 사이를 두고 잠잠해지자, 떨어진 꽃잎 위를 걷는 잦아든 발자국 소리가 풀밭의 양떼 소리를 냈다.

성직자들이 안마당에 나타났다. 시몽 어멈은 의자 위로 기어 작은 원형 창까지 가서, 제단을 내려다보았다.

녹색 이파리 줄장식이 영국 풍 주름으로 장식된 제단 위에 드리워져 있었다. 제단 한가운데에는 성유물이 담긴 작은 함이, 귀퉁이마다 오렌지나무가 두 그루씩 있고, 해바라기, 백합, 작약, 디기탈리스, 수국이 자태를 뽐내고 있는 자기瓷器 화병들과 은촛대가 빙 둘러 놓여 있었다. 이 눈부신 색 더미는 제단에서부터 안마당 포석에 깔린 융단까지 비스듬히 쏟아져 내렸다. 갖가지 진기한 것들이 눈을 끌었다. 도금한 설탕단지에는 제비꽃이 왕관 모양으로 꽂혀 있고, 알랑송 석石[9]으로 만든 장신구가 이끼 위에서 반짝이고, 두 폭 중국 병풍에는 중국의 산수화가 그려져 있었다. 장미 아래 가려져 있는 룰루는, 유리구슬 같은 파란 이마밖에 보이지 않았다.

교회간사들, 성가대원들, 아이들은 안마당의 삼면에 열지어 서 있었다. 사제는 천천히 계단을 올라가, 빛을 발하는 커다란 태양 모양의 금색 현시대를 레이스 위에 올려놓았다. 모두 무릎을 꿇었다. 정적이 흘렀다. 이윽고 향로가 양쪽에서 사슬 소리를 내며 한껏 흔들렸다.

향로에서 풀려나온 푸른 연기가 펠리시테의 방에도 올라왔다. 그녀는 코를 내밀어 신비한 쾌감을 느끼면서 그것을 들이마시고는, 눈을 감았다. 입술은 미소 짓고 있었다. 심장의 박동은 한 번 칠 때마다 점점 희미해지고, 점점 약해져, 샘이 고갈되어가듯이, 메아리가 사라져가듯이, 조금씩, 조금씩, 느려졌다. 그리하여 마지막 숨을 토해냈을 때, 펠리시테는 반쯤 열린 하늘로 자기의 머리 위에서 날아오르는 거대한 앵무새 한 마리를 본 것 같았다.

구호성자 쥘리앵의 전설

I

쥘리앵의 아버지와 어머니는 언덕 중턱, 숲으로 둘러싸인 성에 살고 있었다.

성의 네 귀퉁이에 있는 탑에는 납판을 기와처럼 겹쳐 댄 뾰족한 지붕이 솟아 있었고, 성벽의 주추는 해자 밑바닥까지 깎아질러 내린 암괴들이 든든히 받쳐주었다.

안마당의 포석은 교회의 타일처럼 매끈했다. 주둥이가 아래로 향한 용 모양의 긴 빗물받이 홈통들이 저수조로 빗물을 토해냈다. 창가에는 층마다, 채색 토분에 바질이나 헬리오트로프[1]가 피어 있었다.

말뚝으로 둘러쳐진 외곽에는, 우선 과수원이 있고, 이어서 꽃의 배합으로 숫자를 그려놓은 화단이, 그 다음에는 맑은 공기를 쐬기 위해 포도덩굴을 올린 정자와 하인들의 오락을 위해 마련된 마유[2] 놀이터가 있었다. 또 한쪽에는 개집, 마구간, 제빵실, 포도 압착장, 곡물창고가 늘어서 있었다. 주변 전체에 펼쳐진 푸른 잔디 목장은 짱짱한 가시나무 울타리로 둘러싸여 있었다.

성 안 사람들은 오래전부터 평화롭게 살고 있던 터라 쇠살문을 내릴 일도 없었다. 해자에는 물이 그득했다. 성벽 감시구 오목한 곳에는 제비가 집을 지었다. 성벽 길을 온종일 돌아다니는 궁수도 햇빛이 너무 강할 때는 망루 안으로 돌아가 수도승처럼 낮잠을 잤다.

성 안에는 곳곳에서 철제 도구가 반짝반짝 빛나고 있었다. 방 안에 드리워진 장식 융단이 추위를 막아주었다. 장롱에는 시트와 속옷이 가득 채워져 있었고, 술 창고에는 포도주통이 산더미처럼 쌓였고, 참나무 궤들은 은이 담긴 자루의 무게로 삐걱거리는 소리를 냈다.

무구武具실에는, 맹수들의 낯짝이 그려진 갖가지 깃발 사이에, 아말레타족의 투석기와 가라만트족의 투창부터 사

라센족의 단검과 노르만족의 사슬갑옷에 이르기까지 모든 시대와 온갖 종족의 전쟁도구가 진열되어 있었다.[3]

주방에 있는 제일 큰 쇠꼬챙이는 소 한 마리를 돌려 구울 수 있었고, 예배당은 국왕의 기도실처럼 호화로웠다. 성채에서 조금 떨어진 곳에 로마풍 한증실도 갖춰놓았다. 그러나 훌륭한 영주는, 우상숭배자들이나 하는 짓이라 하여 그것의 사용을 스스로 금지했다.

언제나 여우털 외투 차림으로 그는 성 안을 돌아보고, 가신들에게 정당한 판결을 내리고, 이웃해 있는 성들 사이의 분쟁을 원만하게 수습했다. 겨울 동안에는 내리는 눈송이를 바라보거나 이야기책을 읽게 하여 들었다. 날씨가 화창해지면, 파릇파릇해지는 밀밭 두렁길을 따라 암노새를 타고 가서 백성들과 이야기를 나누고, 이것저것 가르쳐주기도 했다. 많은 모험을 한 후에, 명문가의 처녀를 아내로 맞이했다.

그녀는 피부가 몹시 희었고, 약간 도도하고 성실했다. 그녀가 쓴 원뿔모자 끝이 출입문의 횡목을 건드리고, 드레스 자락이 발걸음 뒤로 석 자나 끌렸다. 성 안에서는 수도원에서처럼 규율이 서 있었다. 아침마다 그녀는 시녀들에게 하루 일을 나눠 맡기고, 잼과 향유를 감시하고, 방추를 들고 실을 잣거나, 제단포에 수를 놓았다. 신에게 기도한 끝에 아들이 태어났다.

그리하여 성대한 축하연이 열렸다. 횃불을 밝히고 푸른 잎을 깔아놓은 곳에서 하프 소리를 들으며 사흘 낮 나흘 밤 동안 향연이 계속되었다. 참으로 진기한 향료를 양羊만큼이나 통통한 암탉에 곁들여 먹었고, 여흥으로 난쟁이가 고기파이에서 튀어 나왔다. 사람들이 계속 몰려와 술잔이 부족했으므로, 상아 각적과 투구에 술을 따라 마셔야 했다.

산모는 이 잔치에 참석하지 않고 조용히 침대에 누워 있었다. 하루 저녁 그녀는 잠에서 깨어, 창문으로 들어오는 달빛 아래 움직이고 있는 그림자 같은 것을 보았다. 그것은 남루한 승복 차림에 옆구리에 묵주를 걸치고 어깨에 바랑을 짊어진, 아무래도 은자로 보이는 노인이었다. 노인은 침대 머리맡에 다가와 입술을 벌리지도 않고 이렇게 말했다.

"기뻐하시오, 오 어머니여! 그대의 아들은 성자가 될 것이니!"

그녀는 소리치려고 했다. 그러나 노인은 달빛 위를 미끄러지듯이, 소리 없이 공중으로 올라가더니 사라져버렸다. 연회의 노랫소리가 유난히 크게 울렸다. 그녀는 천사들의 목소리를 들었다. 그리고 머리를 다시 베개에 뉘었는데, 석류석 액자에 담긴 순교자의 뼈가 그녀를 굽어보았다.

이튿날 어느 하인에게 물어봐도 은자를 봤다는 사람은 없었다. 꿈인지 생시인지, 어떻든 이것은 하늘의 계시임에 틀림없었다. 그러나 자기를 거만하다고 비난할까 봐 아무에게도 말하지 않으려고 조심했다.

손님들은 새벽이 되어서야 돌아갔다. 쥘리앵의 아버지는 마지막 손님을 데려다주고 뒷문 바깥에 서 있었는데, 그때 안개 속에서 거지 하나가 갑자기 영주 앞에 섰다. 땋아 내린 턱수염에, 양팔에 은팔찌를 한 이글거리는 눈동자의 집시였다. 그는 영감을 받은 듯이 말을 더듬거리며 앞뒤가 닿지 않는 말을 이렇게 했다.

"아! 아! 그대 아들!… 많은 피!… 많은 영광!… 언제나 행복하고! 제왕의 혈통."

그러더니, 영주가 던져준 동전을 주우려고 몸을 구부리는 찰나, 거지의 모습은 풀 속에 묻혀 사라져버렸다.

선량한 성주는 좌우를 둘러보고, 목청을 다해 사람을 불렀다. 아무도 없었다! 바람이 씽씽 소리를 냈고, 아침안개가 흩어졌다.

이 허깨비를 영주는 지나친 수면부족에 머리가 피로해진 탓으로 돌렸다. "내가 그런 말을 하면 사람들은 나를 놀리겠지" 하고 생각했다. 그러나 예언의 말이 분명치 않고 그 말을 들은 것조차 의심스럽기는 해도, 아들의 운명이라는 영광에 그의 마음은 현혹되었다.

부부는 비밀을 서로 감추었다. 그래도 두 사람 모두 똑같은 사랑으로 자식을 애지중지했다. 하늘이 점지한 자식이라 소중히 여기면서, 아들에게 한없는 배려를 아끼지 않았다. 침대에는 가장 고운 깃털로 속을 채웠고, 비둘기 모양의 램프가 꺼지지 않고 그 위를 비추었다. 세 명의 유모가 아기를 돌봤다. 배내옷에 폭 싸여, 발그레한 뺨과 푸른 눈을 하고, 비단 망토에 진주 달린 두건을 쓴 모습은 아기 예수 같았다. 울음소리 한 번 내는 일 없이 이가 났다.

일곱 살이 되자, 어머니는 아들에게 노래를 가르쳤다. 담력을 키워주려고, 아버지는 쥘리앵을 살찐 말 위에 태웠다. 아이는 편안하게 방긋 웃었고, 이내 군마에 관한 모든 것을 익혔다.

학문이 깊은 노승이 쥘리앵에게 성서와 아라비아 숫자와 라틴문학, 독피지[4]에 예쁜 그림을 그리는 법을 가르쳤다. 스승과 제자는 소음을 피하여, 작은 탑 꼭대기 방에서 함께 공부했다.

수업이 끝나면 두 사람은 정원으로 내려와, 천천히 거닐면서 꽃을 연구했다.

짐을 실은 가축 대열이 이상한 동양풍 옷차림의 남자에게 인솔되어, 골짜기로 나 있는 길을 따라 가는 것이 때때로 보였다. 그 사람이 행상인이라는 것을 알고 성주는 시종을 보냈다. 그 이국인도 안심을 하고, 발길을 돌려 성으로 와서 객실로 안내되었다. 상인은 짐짝에서 벨벳과 비단제품, 금은세공품, 향료, 사용법도 알 수 없는 진기한 물건들을 꺼내 보여주었다. 결국 그 사람은 아무런 험한 일도 당하지 않고 큰 소득을 얻어서 길을 떠났다. 어떤 때는 순례단 일행이 찾아와 성문을 두드린 일도 있었다. 그들의 젖은 옷이 난로 앞에서 김을 냈다. 배를 채우고 나서 그들은 여행담을 시작했다. 파도치는 바다에서 배가 뒤집힐 뻔했던 일, 불타는 듯한 사막에서 맨발로 걷던 일, 이교도의 잔혹한 처사, 시리아의 동굴, 그리스도가 태어난 구유와 그리스도의 무덤에 관한 이야기였다. 그러고는 순례 망토에 매단 조개껍질을 어린 영주에게 주었다.

성주는 옛 전우들을 불러 자주 주연을 베풀었다. 술잔을 주고받으면서 그들은, 공격도구로 가격하여 요새를 습격했던 일이며 엄청난 부상을 입었던 일 등, 옛 전투를 떠올리는 것이었다. 그 이야기를 듣고 있던 쥘리앵이 탄성을 질렀다. 그래서 그의 아버지는 아들이 후에 정복자가 되리라는 것을 믿어 의심치 않았다. 그런데 그날 저녁, 기도를 마치고 돌아오는 길에 엎드려 있는 가난한 사람들 사이를 지나갈 때, 쥘리앵이 어찌나 겸손하고 의젓하게 허리에 찬 지갑에서 돈을 꺼내주는지, 그것을 본 어머니는 아들이 장성하면 대주교가 되리라고 생각했다.

예배당의 쥘리앵 자리는 부모 옆이었다. 성무일과가 아무리 오래 걸려도, 쥘리앵은 모자를 내려놓고 두 손을 모아 기도대에 무릎 꿇고 있었다.

어느 날 쥘리앵은, 미사 중에 고개를 들었을 때 벽 구멍에서 하얗고 조그만 생쥐 한 마리가 기어 나오는 것을 보았다. 생쥐는 제단 맨 아래 층계 위를 쪼르르 달려가서, 두세 번 좌우를 살펴보더니 나왔던 구멍으로 쏙 들어가버렸다. 돌아오는 일요일에도 그 녀석을 볼 수 있을까 하는 생각이 쥘리앵의 마음을 흔들어놓았다. 생쥐는 다시 왔다. 그래서 일요일마다 기다렸는데, 그 때문에 짜증이 나더니 결국 미움으로 바뀌어, 이제는 없애버리려고 작정했다.

그래서 문을 닫은 다음 층계 위에 과자 부스러기를 뿌려놓고, 쥘리앵은 그 구멍 앞에 막대기를 들고 서 있었다.

한참이 지난 뒤에 분홍색 코끝이 보이더니 곧 몸 전체가 빠져나왔다. 쥘리앵은 가볍게 한 대 쳤는데, 꼼짝도 않는 이 쪼끄만 몸뚱이 앞에 몹시 놀라 서 있었다. 피 한 방울이 타일에 얼룩졌다. 쥘리앵은 옷소매로 재빨리 핏자국을 닦고, 생쥐를 밖으로 던져버리고는 아무에게도 말하지 않았다.

온갖 새들이 정원의 곡식을 쪼아 먹고 있었다. 쥘리앵은 속이 빈 갈대 안에 콩을 집어넣는 것을 생각해냈다. 나뭇가지에서 새가 지저귀는 소리를 듣고, 쥘리앵은 가만가만 다가가서 갈대 대롱을 쳐들고 볼을 부풀려 세게 불었다. 그러자 새끼 새들이 수도 없이 어깨 위로 비 오듯 떨어져 내려서, 자기가 낸 못된 꾀에 기분이 좋아 웃음을 참을 수 없었다.

어느 날 아침 성벽 길을 걷다가 돌아오는 길에, 흉장 위에서 커다란 비둘기 한 마리가 가슴을 한껏 내밀고 햇볕을 쬐고 있는 것이 보였다. 쥘리앵은 멈춰 서서 그 새를 바라봤다. 성벽 돌담에 갈라진 틈이 있어 돌조각이 손끝에 잡혔다. 쥘리앵이 팔을 휘두르자, 돌멩이가 새를 쳐서 쓰러뜨려 새는 해자로 툭 떨어졌다.

쥘리앵은 가시덤불에 긁히고 풀숲을 헤치면서 수캉아지보다도 날쌔게 아래쪽으로 달려갔다.

비둘기는 날개가 부러진 채 쥐똥나무 가지에 걸려 파닥이고 있었다.

새의 질긴 목숨이 아이를 짜증나게 했다. 그래서 목을 조르기 시작했다. 새가 경련하는 것을 보자 가슴이 마구 뛰고, 거칠고도 격한 짜릿함이 솟구쳤다. 비둘기의 몸이 마침내 뻣뻣해졌을 때 쥘리앵은 힘이 쑥 빠지는 느낌이었다.

그날 저녁 밤참을 먹으면서, 아버지는 쥘리앵에게 그 나이에는 사냥하는 법을 배워야 한다고 말했다. 그러더니 사냥에 관한 모든 것이 문답체로 씌어 있는 오래된 필사본을 찾아왔다. 거기에는 개를 훈련시키고 매를 길들이는 법, 덫 놓는 법, 사슴을 똥으로 찾는 법, 발자국을 보고 여우를 찾는 법, 땅을 긁은 발톱 모양으로 이리를 찾는 법, 야생동물들이 다니는 길을 분간하는 비결, 어떤 식으로 사냥감을 내모는지, 놈들의 은신처가 대체로 어디에 있는지, 사냥에 가장 적합한 풍향은 어떤 것인지, 그 밖에 몰이꾼의 각종 외침 소리와 사냥개의 몫을 정하는 규칙 등에 관하여 스승이 제자에게 설명하는 내용이 담겨 있었다.

쥘리앵이 이 모든 것을 암송할 수 있게 되었을 때, 아버지는 사냥개 한 무리를 마련해주었다.

우선 영양보다 빠르지만 쉽게 격분하는 북아프리카산

그레이하운드가 스물네 마리, 그 다음에는 붉은 바탕에 흰 반점이 있고, 풀어놓아도 달아나지 않으며 가슴이 튼튼하고 짖는 소리가 우렁찬 브르타뉴산 개가 열일곱 쌍이었다. 멧돼지 습격과 위험한 길로 도주하는 사냥감을 위해서는 곰처럼 털이 깊은 그리폰 개 마흔 마리가 있었다. 거의 당나귀 정도의 키에, 털은 불(火) 색에다 등이 넓적하고 뒷다리가 쭉 뻗은 타르타르산 마스티프 종은 들소 추적용이었다. 스패니얼 개의 까만 털은 새틴처럼 윤이 났다. 탤벗의 낑낑대는 소리는 큰 소리로 짖는 비글에게 뒤지지 않았다. 다른 마당에서는, 말 탄 사람들의 배까지 뛰어오르고 사자를 두려워 않는 사나운 알랭 불도그 여덟 마리가 사슬을 흔들고 눈을 부라리면서 으르렁거렸다.

개들은 모두 밀빵을 먹고 석재 여물통에서 물을 마셨으며, 저마다 듣기에 좋은 이름을 갖고 있었다.

매 길들이기에도 어쩌면 사냥개 훈련에 못지않게 공을 들였다. 훌륭한 영주는 돈을 많이 들여, 코카서스의 수매, 바빌로니아의 암매, 독일의 큰 매, 그리고 먼 나라의 추운 바닷가 절벽에서 잡은 사냥매를 사들였다. 이 새들은 짚으로 지붕을 인 헛간에서 키순으로 홰에 묶여 지냈고, 간혹 날개를 펼치고 몸을 풀 수 있도록 새들 앞에는 뗏장이 놓였다.

토끼 잡는 그물, 낚시, 덫 등, 모든 종류의 사냥도구가 갖춰졌다.

포인터 무리를 이끌고 자주 들판에 나가면, 개들은 냄새를 맡고 재빨리 멈춰 서는 것이었다. 그러면 몰이꾼들이 한 발짝씩 나아가, 끄떡도 않는 개들의 몸뚱이 위에 커다란 그물을 조심스럽게 펼쳤다. 호령이 떨어지자 개들이 짖어댔다. 메추라기 떼가 날아올랐다. 남편과 함께 초대되어 온 부근 성관의 부인들, 자녀들, 시녀들은 모두 뛰어들어, 손쉽게 메추라기를 붙잡았다.

어떤 때는 숲속에서 토끼를 몰기 위해 북을 울렸다. 여우들이 도랑에 빠지거나, 탄력이 떨어진 덫이 이리의 발목을 낚아채는 일도 있었다.

그러나 쥘리앵은 이러한 손쉬운 계책들을 업신여겼다. 그는 자기 말에 올라 타 매를 데리고 사람들로부터 멀리 떠나 사냥하는 것을 즐겼다. 데려가는 매는 거의 언제나 눈처럼 흰 스키타이산 큰 매였다. 매에게 씌운 가죽 두건에는 깃털장식이 붙어 있었고, 황금 방울이 매의 푸른 발에서 딸랑거렸다. 말이 달리고, 벌판이 펼쳐지는 동안 매는 제 주인의 팔뚝을 꽉 붙잡고 있었다. 쥘리앵은 고삐를 늦추고 매를 확 놓아줬다. 용맹한 새는 화살과도 같이 하늘로 솟아올랐다. 크기가 다른 두 점이 빙빙 돌다가, 합쳐지고, 하늘 높은 곳으로 사라지는 것이 보였다. 매는 어떤 새를 잡아 찢으면서 지체 없이 내려와, 쥘리앵의 사냥장갑 위로 돌아와 앉아서 두 날개를 바르르 떨었다.

쥘리앵은 이런 식으로 왜가리, 솔개, 까마귀, 독수리를 잡았다.

그는 사냥나팔을 불면서 개들을 뒤쫓아 가기를 좋아했다. 개들은 언덕 비탈길을 달리고, 개울을 건너뛰고, 숲을 향해 뛰어 올라갔다. 개에게 물린 사슴이 비명을 지르기 시작하면, 쥘리앵은 재빨리 사슴을 때려눕히고는, 김이 나는 사슴 몸뚱이에 달려들어 미친 듯이 살점을 뜯어먹는 마스티프 개들을 몹시 흐뭇한 기분으로 바라보았다.

안개 끼는 날에는 늪으로 가서 거위며 수달, 새끼 오리를 노렸다.

시종 셋이 새벽부터 현관 돌계단 아래서 쥘리앵을 기다리고 있었다. 노승이 지붕창으로 몸을 내밀어 아무리 들어오라고 손짓을 해도 쥘리앵은 돌아보지 않았다. 햇볕이 뜨거워도 비가 내려도 폭풍우가 몰아쳐도 사냥 길을 떠나, 손바닥으로 샘물을 떠 마시고, 말을 타고 가면서 야생 사과를 먹고, 지치면 참나무 그늘에서 쉬었다. 그러고는 피와 진흙투성이가 되어, 머리칼에는 곳곳에 가시를 달고 야수 냄새를 풍기면서 한밤중에 성으로 돌아오는 것이었다. 그는 야수처럼 되었다. 어머니가 껴안아도 냉담하게 포옹을 받았고, 뭔가 심오한 일을 꿈꾸고 있는 것처럼 보였다.

단검을 내리꽂아 곰을 죽이고, 도끼로 황소를 죽이고, 투창으로 멧돼지를 죽였다. 또 한 번은 몽둥이 하나만 가지고 교수대 아래서 시체를 파먹고 있는 이리 떼를 상대한 일도 있었다.

어느 겨울날 아침, 어깨에는 쇠뇌[5]를 메고 안장 테에 화살 한 다발을 꽂은 후, 단단히 장비를 갖추어 쥘리앵은 해가 뜨기 전에 출발했다.

그가 탄 덴마크산 말은, 다리가 짧은 바세트견犬 두 마리를 따라 또각또각 걸으면서 대지에 말굽소리를 냈다. 서리가 방울져 망토에 얼어붙었고, 세찬 바람이 불었다. 지평선 한 끝이 밝아졌다. 희붐한 여명 속에서, 쥘리앵은 토끼굴 언저리에서 뛰어나오는 토끼 떼를 보았다. 두 마리의 바세트가 토끼들을 냅다 덮쳤다. 이쪽저쪽에서 토끼의 등뼈가 사정없이 부러졌다.

이윽고 숲으로 들어왔다. 나뭇가지 끝에서 뇌조[6] 한 마리가 추위에 곱은 몸을 움츠리고 잠들어 있었다. 쥘리앵은 검 등으로 새의 두 다리를 후려치고는, 그걸 줍지도 않고 계속 길을 갔다.

세 시간 후에는, 산이 어찌나 높은지 하늘이 거의 까맣게 보이는 꼭대기에 와 있었다. 쥘리앵의 눈앞에, 성벽처럼 생긴 큰 바위가 벼랑 쪽으로 튀어나와 아래를 굽어보고 있었다. 바위 끝에서 야생 숫염소 두 마리가 발아래 심연을 내려다보고 있었다. 화살이 없었기 때문에(말을 뒤에 남겨두고 왔으므로) 놈들이 있는 곳까지 내려갈 생각이었다. 몸을 반쯤 구부리고 맨발로, 마침내 좀더 가까이 있는 염소에게 다가가서 옆구리에 단검을 꽂았다. 남은 녀석은 공포에 사로잡혀 허공으로 뛰어내렸다. 쥘리앵은 놈을 붙잡으려고 내달았지만, 오른발이 미끄러지는 바람에 낭떠러지 쪽으로 고개를 내민 채 두 팔을 벌리고 죽은 숫염소의 몸통 위로 나자빠졌다.

평지로 내려온 그는 강변에 늘어서 있는 버드나무를 따라 나아갔다. 두루미 떼가 낮게 날면서, 이따금 그의 머리 위로 지나갔다. 쥘리앵은 채찍을 휘둘러 새들을 때려잡았고, 한 마리도 놓치지 않았다.

그동안 따뜻해진 대기가 서리를 녹이고, 아침안개가 넓게 퍼지더니 해가 떠올랐다. 아주 먼 곳에서 얼어붙은 호수가 햇빛에 반짝여 납처럼 보였다. 호수 한 가운데 쥘리앵이 본 적 없는 짐승 한 마리가 있었다. 그것은 주둥이가 까만 해리였다. 거리가 먼데도 화살 한 대로 그것을 거꾸러뜨렸다. 그런데 가죽을 가져갈 수 없어서 아쉬웠다.

다음에는 키 큰 가로수 길로 나아갔다. 숲 입구에서는 양쪽 나무의 가지 끝이 꼭대기에서 서로 닿아 개선문 같은 형상을 만들어내고 있었다. 노루가 덤불에서 튀어나오고, 얼룩사슴이 길가에 나타나고, 오소리가 굴속에서 나오고, 공작이 잔디 위에 꼬리를 펼쳤다. — 그것도 남김없이 죽여버리자, 다른 노루들이 나타났고, 다른 얼룩사슴들, 다른 오소리들, 다른 공작들, 그리고 티티새, 어치, 족제비, 여우, 고슴도치, 스라소니 등, 한 발짝 내디딜 때마다 셀 수도 없이 많은 짐승이 끝없이 나왔다. 그것들은 온순함과 애원이 가득 담긴 눈길로 부들부들 떨면서 쥘리앵 주위를 돌았다. 그러나 쥘리앵은 번갈아가며 쇠뇌를 당기고, 단검을 빼들고, 비수를 휘두르면서 지칠 줄 모르고 짐승들을 죽이고는, 아무것도 생각하지 않았고 그 어떤 것도 기억하지 않았다. 그는 어느 땅에선가, 그 언젠가부터 사냥감을 뒤쫓고 있었다. 자신이 살아 있다는 사실만으로, 꿈에서처럼 그 모든 것이 수월하게 처리되는 것이었다. 기묘한 광경이 쥘리앵의 발길을 멈추게 했다. 사슴 떼가 골짜기의 우묵한 곳에 나선을 그리며 빼곡하게 들어차 있었던 것이다. 사슴들은 몸을 바짝 맞대고 입김으로 서로를 덥혀주고 있었고, 그 모습이 안개 속에서 연기가 나는 것처럼 보였다.

절호의 살육을 기대하면서, 쥘리앵은 짜릿한 마음에 잠시 숨이 막혔다. 그러고는 말에서 내려와, 소매를 걷어붙이고, 활시위를 당기기 시작했다.

첫 번째 화살이 바람을 가르는 소리에, 사슴 떼가 일제히 이쪽으로 고개를 돌렸다. 서로 엉켜 있던 덩어리에는 곳곳에 빈자리가 생겼다. 비통한 울음소리가 골짜기를 타고 올라왔고, 한 번의 큰 움직임으로 사슴 떼는 혼란에 빠졌다.

골짜기의 비탈은 너무 높아 넘을 수 없었다. 사슴들은 숨을 곳을 찾으면서 골짜기 안에 갇혀 날뛰었다. 쥘리앵은 겨누고, 쏘았다. 화살은 폭풍우의 빗줄기처럼 쏟아졌다. 미쳐 날뛰는 사슴들이 서로 격투를 벌이고, 뒷발로 일어서고, 다른 놈들 등에 올라타는 것이었다. 사슴 몸뚱이들이 뿔끼리 뒤엉켜 넓은 구릉 모양을 하고 있었고, 그것은 이동하면서 무너져 내렸다.

마침내 그것들은 모래 위에 쓰러져, 코에서는 거품을 뿜고, 내장이 비어져 나온 채, 이내 배의 출렁임이 차츰 약해지더니, 죽었다. 이윽고 모든 것이 움직이지 않았다.

밤이 오고 있었다. 숲 뒤쪽, 나뭇가지 틈새로 보이는 하늘이 피로 물든 옷감처럼 붉었다.

쥘리앵은 나무에 기대어 섰다. 그는 눈을 크게 벌리고, 어떻게 그것을 해낼 수 있었는지 의아해하면서 살육의 놀라운 결과를 바라보았다.

골짜기 반대편, 숲 가장자리에 있는 수사슴, 암사슴, 아기 사슴이 쥘리앵의 눈에 띄었다.

엄청나게 키가 큰 검은색 수사슴은 흰 수염에, 열여섯 갈래의 뿔을 달고 있었다. 가랑잎 같은 금빛 털의 암사슴은 풀을 뜯어먹고 있었다. 그리고 얼룩무늬 아기 사슴은 엄마의 걸음을 방해하지 않으면서 젖을 빨고 있었다.

쇠뇌가 또 한 번 굉음을 냈다. 아기 사슴이 즉사했다. 그러자 어미가, 하늘을 쳐다보면서, 깊은, 찢어지는 듯한, 인간과도 같은 소리로 울부짖었다. 성이 난 쥘리앵은 가슴팍을 쏘아 어미를 땅바닥에 쓰러뜨렸다.

키 큰 수사슴이 이것을 보고, 펄쩍 뛰어올랐다. 쥘리앵은 수사슴에게 마지막 화살을 날렸다. 화살은 사슴의 이마에 맞고 그대로 꽂혔다.

커다란 사슴은 그것을 느끼지 못하는 것 같았다. 죽은 것들 위로 발걸음을 건너뛰면서 저벅저벅 걸어와, 쥘리앵을 덮쳐 배를 찢어놓을 판이었다. 쥘리앵은 이루 말할 수 없는 공포감 속에서 뒷걸음질 쳤다. 그 불가사의한 동물은 멈춰 섰다. 그러고는 이글거리는 눈을 하고, 족장처럼 심판자처럼 엄하게, 멀리서 울리는 종소리에 맞추어, 세 번 되풀이하여 이렇게 말했다.

"저주 받아라! 저주 받아라! 저주 받아라! 잔혹한 놈, 언젠가 네 아비와 네 어미를 네 손으로 죽일 것이다!"

수사슴은 무릎을 굽히고, 천천히 눈을 감고, 죽었다.

쥘리앵은 너무나 놀랐으나, 이내 갑작스러운 피로감에 휩싸였다. 어떤 혐오감이, 무한한 슬픔이 밀려왔다. 쥘리앵은 두 손에 얼굴을 파묻고 오래도록 울었다.

말은 어디론가 없어졌다. 개들도 주인을 떠나버렸다. 그를 에워싸고 있는 적막이 뭐라 말할 수 없는 위험을 품고 그를 위협하는 것만 같았다. 그러자 공포에 사로잡힌 쥘리앵은 들판을 가로질러 달리기 시작하여, 되는 대로 오솔길을 잡아 거의 단숨에 성문 앞에 와 있었다.

그날 밤 쥘리앵은 잠을 이루지 못했다. 매달려 있는 램프의 흔들리는 불빛에, 커다란 검은 수사슴의 모습이 자꾸 어른거렸다. 사슴의 예언이 귀에 쟁쟁했다. 쥘리앵은 그 말을 떨쳐내려고 몸부림쳤다. "안 돼! 안 돼! 안 돼! 내가 부모님을 살해할 수는 없어!" 그러고는 생각했다. "혹시라도 그럴 마음이 일어난다면?…" 쥘리앵은 악마가 자기에게 그런 마음을 먹게 할까 봐 두려웠다.

석 달 동안 쥘리앵의 어머니는 심히 걱정하면서 아들의 침대 머리맡에서 기도했고, 아버지는 끙끙거리면서 복도를 쉴 새 없이 왔다 갔다 했다. 정평이 나 있는 훌륭한 의사들이 불려와 많은 약을 처방했다. 그들 말로는 쥘리앵의 병이 몸에 해로운 바람 때문이거나, 아니면 상사병이라 했다. 그러나 청년은 뭐라고 물어봐도 고개를 저었다.

기운이 다시 돌아왔다. 노승과 영주에게 한 팔씩 기대고 안마당을 걸어 다니게도 되었다.

몸이 완전히 회복되어서도 쥘리앵은 사냥은 가지 않겠다고 한사코 고집을 부렸다.

아버지는 아들을 기쁘게 해주려고 커다란 사라센 검을

선물했다.

그것은 기둥 높은 곳에 걸려, 갑주 한 벌과 함께 있었다. 검을 내리려면 사다리가 필요했다. 쥘리앵은 올라갔다. 너무 무거운 검이 그의 손가락 사이를 빠져나가, 떨어지면서 아주 가까이 있던 영주의 몸을 스쳤기 때문에 긴 외투 자락이 잘려나갔다. 쥘리앵은 아버지를 죽였다고 생각하고, 기절했다.

그 후로 쥘리앵은 무기를 무서워했다. 칼집에서 빼낸 검을 보면 새파랗게 질렸다. 기가 이렇게 약해진 것이 가족에게는 커다란 걱정거리였다.

결국 노승은, 신과 명예와 조상의 이름으로 다시 무예를 연마하라고 지시했다.

시종들은 날마다 창던지기 연습을 재미있어했다. 쥘리앵은 그것을 매우 빨리 익혔다. 병의 좁은 주둥이 안으로 창을 던져 넣기도 하고, 탑 꼭대기의 닭 모형 풍향계의 톱니를 망가뜨리기도 하고, 백 보나 떨어진 곳에서 문에 박힌 못을 맞추기도 했다.

어느 여름날 저녁, 안개로 시야가 흐릿해진 시각에, 정원의 포도덩굴 아래 있자니 정원 깊숙한 곳에서 나무 울타리 높이 날고 있는 흰 날개 두 개가 눈에 띄었다. 그것이 황새라는 것에는 의심도 하지 않았다. 그래서 창을 던졌다.

가슴을 찢는 듯한 비명이 들렸다.

쥘리앵의 어머니였다. 담벼락에는 긴 끈이 달린 어머니의 모자가 창에 찔려 박혀 있었다.

쥘리앵은 그 길로 성에서 달아나, 다시 나타나지 않았다.

II

쥘리앵은 지나가는 용병대에 들어갔다.

굶주림도, 목마름도, 열병과 이〔虱〕도 알았다. 난투의 소동에도, 죽어가는 사람들의 모습에도 익숙해졌다. 바람에 피부가 거칠어졌다. 사지는 갑옷에 닿아 딱딱해졌다. 힘은 매우 세고, 용감하고 절도 있고 신중했기 때문에, 어렵지 않게 한 부대의 지휘권을 얻었다.

전투가 시작되면 쥘리앵은 검을 휘둘러 병사들의 사기를 북돋웠다. 밧줄 사다리를 타고, 야음을 틈타, 세찬 바람에 흔들리면서 성벽을 기어오르면, 그리스 연초[7]에서 불똥이 튀어 갑옷에 달라붙고, 끓는 송진과 녹인 납이 방어용 요철에서 쏟아져 내렸다. 돌멩이가 자꾸 날아와 방패가 깨졌다. 다리 위에 너무 많은 사람이 몰려 있어 쥘리앵이 건너갈 때 다리가 무너진 적도 있었다. 철퇴[8]를 휘둘러 기마병 열넷을 해치우기도 했다. 기마시합 결투에서는 도전해오는 적을 모조리 격파했다. 스무 번 이상이나 죽을 고비를 넘겼다.

신의 가호 덕분에 늘 위기를 벗어났다. 쥘리앵은 교회 사람들, 고아들, 과부들, 그리고 특히 노인들을 비호했다. 그들 중 하나가 다가오고 있는 것을 보면, 무심코 그 사람을 죽일까 봐 두려워하기나 하는 듯이, 자기의 얼굴을 알리려고 소리쳤다.

도망친 노예들, 지주에게 반항하는 농민들, 불운한 사생아들, 대담무쌍한 온갖 부류의 사람들이 쥘리앵 휘하에 모여들어 하나의 군대가 만들어졌다.

군세가 커졌다. 쥘리앵은 유명해졌다. 사람들이 그를 찾아왔다.

프랑스의 왕태자와 영국의 왕을, 예루살렘의 성당 기사단을, 파르티아의 수령을, 아비시니아의 국왕을, 그리고 캘리컷[9]의 황제를 차례차례 위험으로부터 구해냈다. 물고기가죽 갑옷을 입은 스칸디나비아 사람들, 하마가죽 원형 방패를 들고 붉은 나귀 등에 탄 흑인들, 거울보다도 빛나는 넓은 군도를 머리의 관 위로 휘두르는 황금빛 피부의 인도 사람들과도 싸웠다. 혈거민[10]과 식인종도 토벌했다. 열대 지역을 지나갈 때는 태양의 열기에 머리칼도 횃불처럼 타올랐고, 또 어떤 지방에서는 너무나 추워 팔이 몸에서 떨어져나가는 것 같았다. 어찌나 안개가 많이 끼어 있던지 유령들에게 에워싸여 걷는 것 같았던 지역도 다녔다.

궁지에 몰린 국가들이 쥘리앵에게 자문을 구했다. 그 나라의 사절을 접견할 때마다 쥘리앵은 생각지도 않던 조건을 얻었다. 어떤 군주가 처신을 잘못하면, 불시에 찾아가 간언했다. 백성들에게 자유를 찾아주기도 했다. 탑에 갇힌 왕녀들을 구출하기도 했다. 밀라노의 구렁이와 오베르

비르바흐의 용을 때려눕힌 것도 다른 사람이 아닌 쥘리앵이다.[11]

그런데 옥시타니아[12]의 황제가 스페인의 무슬림을 평정하여, 코르도바 칼리프의 누이동생을 후궁으로 맞아들였다. 거기에서 딸 하나를 얻게 되어, 그 왕녀에게 기독교 교육을 시켰다. 그러나 칼리프는 자기도 기독교로 개종하고 싶어하는 척하면서, 많은 호위병을 데리고 황제를 찾아와, 황실 수비대 전체를 학살하고, 지하실 밑 감옥에 황제를 처넣고는, 금은보화를 우려내려고 혹독하게 다루었다.

쥘리앵은 황제를 구하러 달려가, 이교도 군대를 격파하고, 도시를 포위하고, 칼리프를 살해하여, 그의 목을 베어, 성벽 너머로 공 던지듯 던져버렸다. 그러고는 황제를 감옥에서 나오게 하여, 모든 궁정 사람들 앞에서 왕좌에 다시 앉혔다.

황제는, 그러한 공로에 보답하려고, 많은 돈을 바구니 여러 개에 담아 쥘리앵 앞에 늘어놓았다. 쥘리앵은 그것을 받지 않았다. 더 많은 돈을 원한다고 생각한 황제는, 가진 재산의 4분의 3을 내놓았다. 그것도 싫다고 했다. 그러자 왕국을 나눠 갖자고 제안했다. 쥘리앵은 그 호의도 사양했다. 황제는 어떤 방식으로 사의를 표해야 할지 몰라, 어찌할 바를 모르고 눈물을 흘렸다. 그때 황제는 이마를 탁 치더니, 궁정신하 한 사람의 귀에 대고 뭐라고 말했다. 장식 융단 장막을 들추면서 한 젊은 여인이 나타났다.

크고 검은 눈은 조용히 타오르는 램프처럼 빛났다. 매력적인 미소에 입술이 열렸다. 굵게 말아 늘어뜨린 머리채가 반쯤 가슴을 드러낸 드레스의 가슴 선을 따라 장식된 보석에 걸려 있었다. 속이 비쳐 보이는 얇은 겉옷 아래 그녀의 젊은 육체가 눈에 잡힐 듯 느껴졌다. 날씬한 허리에, 무척 사랑스럽고 요염한 모습이었다.

쥘리앵은 그때까지 매우 순결한 생활을 해왔던 만큼, 사랑에 눈멀게 되었다.

그리하여 쥘리앵은 황제의 딸과의 결혼을, 그녀의 어머니로부터 받은 성 한 채와 함께 받아들였다. 혼례식을 마치고는 서로 끝없이 인사를 주고받은 후에 이별을 했다.

그곳은 무어 양식으로 지은 흰 대리석 궁전으로, 오렌지나무 숲에 둘러싸여 바다 쪽으로 향한 언덕 위에 있었다.

꽃이 가득 피어 있는 계단식 축대가 물굽이 기슭까지 이어져 있었고, 기슭에서는 걸을 때마다 분홍빛 조가비가 사각사각 소리를 냈다. 성관 뒤편에는 숲이 부채꼴로 펼쳐져 있었다. 하늘은 언제나 푸르렀고, 나무들은 바다의 미풍에도, 지평선 멀리 뻗어 있는 산에서 불어오는 바람에도 나부꼈다.

방 안에 석양빛이 가득해지면, 벽마다 곳곳에 박혀 있는 등이 불을 밝혔다. 갈대처럼 가느다란 높은 원주들이, 동굴의 종유석을 본떠 돋을새김으로 장식한 둥근 천장을 받치고 있었다.

홀마다 분수가, 안뜰마다 모자이크 포석이 있었고, 꽃줄 장식 칸막이벽이며 수많은 정교한 건축 세공이 있었다. 어디나 고요함에 싸여 있어 숄이 스치는 소리도 가느다랗게 새어 나오는 한숨소리도 들릴 정도였다.

쥘리앵은 이제 전장에 나가지 않았다. 평화로운 백성들에게 둘러싸여 평온한 나날을 보냈다. 날마다 한 무리의 사람들이 그에게 찾아와 동양식으로 무릎을 꿇고 손에 입맞추었다.

진홍색 옷을 입고, 창가에서 턱을 괸 채 사냥하던 지난날을 떠올렸다. 영양과 타조를 뒤쫓으며 사막을 내닫고, 대숲에 숨어 표범이 나타나기를 엿보면서 기다리고, 코뿔소가 떼 지어 있는 숲을 헤쳐나가고, 독수리를 보다 잘 겨냥할 수 있도록 사람 발길이 닿지 않는 산꼭대기에 오르고, 빙하 위에서 흰곰과 격투를 벌이고 싶은 마음이 간절해졌다.

때로는 꿈속에서, 낙원 속에 있는 우리의 조상 아담처럼 온갖 짐승에 둘러싸여 있는 자신을 보는 일도 있었다. 쥘리앵이 팔을 뻗어 건드리면 짐승들이 죽는 것이었다. 그런가 하면, 짐승들이 코끼리와 사자에서부터 흰 담비와 오리에 이르기까지, 노아의 방주에 들어간 날처럼, 키순으로 둘씩 짝지어 열 지어 가기도 했다. 그러면 동굴 그늘에서 쥘리앵은 짐승들을 향해 단 한 번의 실수도 없이 창을 던졌다. 또 다른 짐승이 속속 나타나, 끝이 나지 않았다. 그러다가 쥘리앵은 잠에서 깨어나 눈을 사납게 굴리는 것이었다.

친한 제후들이 사냥하러 가자고 그를 불러냈다. 이런 식의 참회를 통해 자신의 불행을 벗어날 수 있다고 믿으면서 매번 거절했다. 부모의 운명이 동물의 살생과 관련되어 있다고 생각했기 때문이다. 그러나 부모를 만날 수 없어 괴로워하면서도, 또 다른 갈망 때문에 견딜 수 없었다.

아내는 쥘리앵의 마음을 달래주려고 곡예사와 춤꾼들을 성관으로 불러들였다.

쥘리앵과 함께 덮개가 열린 가마를 타고 전원을 산책했다. 어떤 때는 작은 배 한쪽에 엎드려 하늘처럼 맑은 물속에서 헤엄쳐 다니는 물고기를 둘이서 바라보았다. 아내는 자주 쥘리앵의 얼굴에 꽃을 던지고, 남편의 발치에 웅크리고 앉아 석 줄 만돌린을 키면서 노래를 들려주기도 했다. 그러고는 두 손으로 그의 목을 감싸며, ─ "대체 왜 그러시나요?" 하고 조심스레 말했다.

쥘리앵은 대답하지 않았다. 때로는 오열을 터뜨리기도 했다. 마침내 어느 날 끔찍한 생각을 털어놓았다.

아내는 이치를 조목조목 따져가면서 그 생각을 반박했다. 아버님도 어머님도 어쩌면 이미 돌아가셨을 거다, 혹시 그분들을 다시 만나게 된다 해도, 무슨 우연으로, 무엇을 목적으로 그런 험한 일이 일어나겠느냐? 그러니, 그 두려움은 근거가 없는 것이고 이제는 사냥을 시작해야 한다는 것이었다.

쥘리앵은 그 이야기를 들으면서 미소 지었지만, 자기의 욕망을 충족시키려는 결심은 하지 않았다.

부부가 침실에 있던 팔월의 어느 날 밤, 아내는 잠자리에 누웠고 쥘리앵은 기도하려고 무릎을 꿇고 있었다. 그때 여우가 낑낑대는 소리가 들리더니 창문 아래서 가벼운 발소리가 났다. 그러고 보니 어둠 속에서 동물의 모습 같은 것들이 어렴풋이 보였다. 유혹은 너무나도 강했다. 쥘리앵은 화살통을 풀었다.

아내가 놀라서 앞에 섰다.

"당신 말대로 하는 거요! 해 뜰 때까지는 돌아오리다" 하고 말했다.

그래도 그녀는 불길한 출타를 두려워했다.

쥘리앵은 아내를 안심시키고는 나갔지만, 마음이 개운치 않은 것에 스스로도 의아해했다.

조금 후에 시동이 와서, 모르는 사람 둘이 찾아와 영주님이 안 계시면 안주인 마님이라도 당장 뵙고 싶어한다고 알렸다.

머지않아, 허리가 구부정한 먼지투성이의 노인과 노파가 베옷을 입고 지팡이에 의지하여 침실로 들어왔다.

두 사람은 용기를 내어, 쥘리앵에게 부모님 소식을 전해주러 왔다고 말했다.

그녀는 몸을 기울여 그 이야기를 들었다.

그런데 두 사람은 눈짓을 주고받더니, 쥘리앵이 아직도 부모님을 사랑하는지, 가끔 부모님 얘기를 하는지 물어보았다.

"오! 그럼요!" 하고 그녀가 대답했다.

그러자 두 사람이 소리를 질렀다.

"저런! 그게 바로 우리라오!" 그러고는 너무나 피로에 지치고 기진맥진하여 두 사람은 앉았다.

이 젊은 여인에게는 자기의 남편이 이 노인들의 아들이라고 보증할 만한 것이 하나도 없었다.

노인들은 쥘리앵 몸에 있는 특별한 표지들을 자세히 설명하는 것으로 증거를 댔다.

그녀는 침대에서 벌떡 일어나, 시동을 부르고, 노인들에게 식사를 대접했다.

노인들은 몹시 배가 고팠지만 거의 먹을 수가 없었다. 그녀는 조금 떨어져서, 물 잔을 들고 있는 노인들의 뼈만 남은 손이 떨리는 것을 지켜보았다.

노인들은 쥘리앵에 관하여 많은 것을 물어보았다. 그녀는 거기에 하나하나 답해주었지만 부모님과 관련된 불길한 생각에 대해서만은 말하지 않기로 했다.

아들이 돌아오지 않을 것을 알고 두 사람은 성을 나섰던 것이었다. 여러 해 전부터 막연한 정보에 의지하면서 희망을 버리지 않고 아들을 찾아다녔다. 강을 건너는 뱃삯과 숙박비, 제후들에게 바치는 조세[13]와 도둑의 강요로 많은 돈이 필요해서 지갑은 바닥이 났고, 이제는 구걸하며 다니고 있었다. 곧 아들을 안아보게 될 텐데 아무려면 어떤가? 그렇게나 상냥한 아내가 있는 쥘리앵의 행복에 마음이 뜨거워져서, 지칠 줄 모르고 며느리를 바라보고 입 맞추었다.

주거의 호화로움도 두 사람을 몹시 놀라게 했다. 늙은 아버지는 벽을 유심히 보더니, 무슨 이유로 옥시타니아 황제의 문장紋章이 거기에 있는지 물었다.

"저의 부친이십니다!" 하고 그녀가 말했다.

그 말을 듣고 아버지는 집시의 예언을 떠올리면서 몸을 떨었다. 그때 늙은 어머니는 은자의 말을 생각하고 있었다. 분명히 아들의 이 명예는 영원히 이어질 광휘의 서광에 불과하겠지. 노부부는 식탁을 비추는 큰 촛대 아래서 입을 다물지 못했다.

젊은 시절에는 두 분 다 무척 아름다웠으리라. 어머니는 아직도 머리채가 온전하여, 판판하게 다진 백설과도 닮은 곱게 빗은 앞가르마 머리가 뺨 아래까지 흘러내렸다. 큰 키에 짙은 턱수염이 있는 아버지는 교회의 조각상과 닮았다.

쥘리앵의 아내는 두 사람에게 아들을 기다리지 말라고 했다. 그녀는 노부모를 자기 침대에 눕히고 십자형 유리창을 닫았다. 두 사람은 잠들었다. 날이 밝아오고 있었고, 스테인드글라스 밖에서 작은 새들이 노래하기 시작했다.

쥘리앵은 정원을 가로질러 성을 빠져나가, 풀밭의 폭신한 감촉과 대기의 온화함을 맛보면서 힘찬 발걸음으로 숲 속으로 걸어갔다.

나무 그림자가 이끼 위에 드리워져 있었다. 이따금씩 숲 속 빈터에 달이 하얀 반점을 떨어뜨리면, 쥘리앵은 물웅덩이라고 생각하여 발걸음을 주춤했다. 때로는 고요한 늪의 수면을 풀빛으로 착각하기도 했다. 주변이 온통 고요함에 싸여 있었다. 조금 전까지도 성관 주위를 어슬렁거리던 짐승이 한 마리도 보이지 않았다.

나아갈수록 숲은 울창해졌고, 어둠은 깊어졌다. 부드러운 냄새를 가득 싣고, 뜨거운 바람이 훅 끼쳐왔다. 쥘리앵은 쌓인 낙엽 더미 속으로 들어가 참나무에 기대어 잠시 숨을 돌렸다.

갑자기, 등 뒤에서 어둠보다 검은 덩어리가 하나 튀어 올랐다. 멧돼지였다. 쥘리앵은 활을 쥘 시간이 없어서, 그것이 재앙으로 느껴져 크게 상심했다.

이윽고 숲에서 나오자, 울타리를 따라 뛰어가는 이리가 눈에 띄었다.

쥘리앵은 그쪽으로 화살을 날렸다. 이리는 멈춰서, 고개를 돌려 이쪽을 보더니 다시 뛰어갔다. 그놈은 줄곧 일정 거리를 유지하면서 달렸고, 가끔씩 멈췄다가 화살을 겨누면 또 달아나기 시작했다.

쥘리앵은 이런 식으로 끝없는 벌판을 뛰어다녔고, 몇 개의 모래언덕을 지나 결국 다다른 곳은 드넓은 평지가 내려다보이는 평평한 고지대였다. 납작납작한 돌이 무너져 내린 무덤들 사이에 흩어져 있었다. 해골이 발에 걸려 비틀거리기도 했다. 여기저기에서 벌레에 파 먹힌 십자가들은 보기에도 딱할 지경으로 비스듬히 쓰러져 있었다. 그런데 묘석들이 어렴풋이 보이는 어둠 속에서 몇 개의 형체가 꿈틀거렸다. 거기에서 하이에나 몇 마리가 불쑥 튀어나와, 식겁하여 헐떡거렸다. 놈들은 포석에 발톱 부딪치는 소리를 내면서 쥘리앵에게 다가와, 잇몸을 드러내고 하품을 하면서 살 냄새를 맡는 것이었다. 쥘리앵은 검을 뽑았다. 하이에나는 한꺼번에 사방으로 흩어져 도망치더니, 허겁지겁 절뚝거리며 뛰어가다가, 먼지를 잔뜩 일으키며 멀리 사라져갔다.

한 시간 뒤에 쥘리앵은 협곡에서 성난 황소와 맞닥뜨렸다. 놈은 뿔을 앞으로 내밀고 발로 모래를 긁고 있었다. 쥘리앵은 황소의 목덜미를 창으로 찔렀다. 그 동물은 청동으로 만들어졌기나 하는 듯이, 창이 부러졌다. 쥘리앵은 죽음을 각오하고 눈을 감았다. 눈을 다시 떴을 때, 황소는 사라지고 없었다.

그의 넋은 수치심으로 쇠잔해졌다. 자기보다 월등한 힘에 기가 꺾인 것이다. 이제 성으로 돌아가려고 숲으로 다시 들어왔다.

숲은 칡넝쿨로 뒤엉켜 있었다. 검으로 그것을 쳐내고 있을 때 흰 담비가 갑자기 다리 사이로 미끄러져 들어왔고, 표범이 어깨 위로 뛰어오르고, 뱀은 물푸레나무를 둘둘 감으면서 올라갔다.

우거진 잎에서는 흉물스럽게 생긴 갈가마귀가 쥘리앵을 쳐다보고 있었다. 이쪽에서나 저쪽에서나, 나뭇가지 사이에서 엄청나게 많은 빛이 넓게 퍼져 나와, 마치 하늘이 별을 남김없이 이 숲에다 쏟아내는 것만 같았다. 그것은 산고양이, 다람쥐, 부엉이, 앵무새, 원숭이 등 동물들의 눈이었다.

쥘리앵은 그놈들을 겨누고 활을 쏘았다. 화살은 깃털을 단 채로 하얀 나비처럼 잎사귀 위에 얹혔다. 이번에는 돌을 던졌다. 돌은 아무것도 맞추지 못하고 땅에 떨어졌다. 쥘리앵은 자신을 저주했다. 격투를 벌이고 싶었으나 뜻대로 되지 않아 저주의 말을 퍼부으며 울부짖었고, 화가 치밀어 질식할 것만 같았다.

이제껏 추적했던 동물이란 동물이 모조리 나타나 원을 그리며 쥘리앵을 바짝 에워쌌다. 어떤 놈들은 제 꼬리를 깔고 앉았고, 어떤 놈들은 서 있었다. 쥘리앵은 한복판에서서, 공포로 얼어붙어 몸을 조금도 움직일 수 없었다. 극도의 의지력을 발휘하여 한 걸음 떼었다. 그러자 나무 위에 앉아 있던 놈들은 날개를 펼치고, 땅을 밟고 있던 놈들은 사지四肢를 옮기면서 하나같이 쥘리앵을 따라오는 것이었다.

하이에나가 앞서가고, 이리와 멧돼지는 뒤따라왔다. 황소는 오른쪽에서 머리를 주억거리며 따라오고, 왼쪽에서는 뱀이 풀 속에서 구불구불 좇아왔다. 그런가 하면 표범은 등을 불룩 들어올리면서 발소리를 내지 않고 성큼성큼 걸어나갔다. 쥘리앵은 그놈들을 자극하지 않으려고 가능한 한 천천히 갔다. 덤불숲 깊은 곳에서 고슴도치, 여우, 독사, 자칼, 곰이 나오는 것이 보였다.

쥘리앵은 달리기 시작했다. 놈들도 달렸다. 뱀이 쉭쉭 소리를 냈고, 악취 나는 짐승들은 침을 흘렸다. 멧돼지는 어금니로 쥘리앵의 뒤꿈치를 비벼대고, 이리는 주둥이 수염으로 그의 손바닥을 간질였다. 원숭이는 오만상을 찌푸리면서 그를 꼬집었고, 흰 담비는 그의 발등에서 데구루루 굴렀다. 곰은 손등으로 쥘리앵의 모자를 벗겼다. 표범은 건방지게도, 제 주둥이에 물고 있던 화살을 떨어뜨렸다.

놈들의 음흉한 거동에는 어떤 빈정거림이 관통하고 있었다. 구석에서 곁눈질로 쥘리앵을 지켜보면서도, 복수의 계략을 꾸미고 있는 것 같았다. 붕붕거리는 벌레 소리에 귀가 멍멍해지고, 새의 꼬리에 얻어맞고, 헐떡임에 숨이 차, 쥘리앵은 팔을 축 늘어뜨리고 장님처럼 눈을 감은 채, "자비를 베푸소서!"라고 소리칠 힘도 없이 걸었다.

닭 우는 소리가 대기를 흔들었다. 다른 닭들이 그 소리에

화답했다. 날이 밝아오고 있었다. 오렌지나무 숲 저편으로 성관 꼭대기가 눈에 들어왔다.

밭두렁으로 들어서니, 세 걸음을 사이에 두고 지푸라기 위에서 파닥이고 있는 자고새들이 보였다. 쥘리앵은 망토를 벗어 그걸로 그물처럼 자고새를 덮쳤다. 들추어보니, 한 마리밖에 없었고, 그것도 오래전에 죽어 이미 썩어 있었다.

이번의 실망이 이제까지의 모든 실망보다도 더욱 그를 격분시켰다. 살육에의 갈망이 다시 타올랐다. 짐승이 없으면 인간이라도 학살하고 싶었는지 모른다.

세 개의 계단식 축대를 올라가 주먹으로 문을 마구 두들겼다. 그러나 계단 맨 아래에 서자, 사랑스런 아내 생각에 마음이 누그러졌다. 분명히 자고 있을 게다. 깜짝 놀래주자.

신발을 벗고, 열쇠를 가만히 돌려, 방으로 들어갔다.

납으로 테를 두른 스테인드글라스 때문에 새벽의 희미한 빛이 더 어두워졌다. 쥘리앵은 바닥에 있는 옷에 발이 걸렸다. 조금 더 앞으로 가다, 아직 그릇이 담겨 있는 식기대에 부딪쳤다. "뭔가를 먹은 모양이군" 하고 생각했다. 그러고는 방 안 깊숙이 들어찬 어둠에 빠져 침대를 향해 걸어갔다. 아내에게 입 맞추려고 침대 가에 서서 베개 쪽으로 몸을 굽히자, 그곳에 두 개의 머리가 서로를 맞대고 있는 것이었다. 그리고 쥘리앵의 입에 턱수염이 닿는 느낌이 들었다.

쥘리앵은 미쳐버릴 것 같아, 뒤로 물러섰다. 그래도 다시 침대 옆으로 와서 손을 갖다 대니, 몹시 긴 머리타래가 만져졌다. 자기의 판단 착오를 확인하려고 베개 위를 천천히 더듬어보았다. 이번에는 분명히 턱수염이었다. 남자가! 남자가 아내와 자고 있는 거다!

누를 수 없는 분노가 폭발하여, 쥘리앵은 두 사람에게 뛰어들어 단도로 찔렀다. 그러고는 길길이 뛰면서, 야수처럼 울부짖으며 거품을 뿜었다. 이윽고 멈췄다. 죽은 사람들은 심장을 찔려, 꼼짝도 하지 않았다. 쥘리앵은 거의 똑같이 들리는 두 사람의 거친 숨소리를 주의 깊게 듣고 있었다. 숨소리가 약해짐에 따라, 아주 멀리서 들리는 또 하나의 숨소리가 그 뒤를 이었다. 처음에는 분명치 않았지만,

길게 끄는 그 애처로운 목소리는 점점 가까워지더니, 크게 들렸고, 잔혹해졌다. 쥘리앵은 공포에 질려, 그것이 커다란 검은 사슴의 울음소리라는 것을 알았다.

뒤를 돌아봤을 때, 문지방에서 손에 촛대를 들고 서 있는 아내의 환영을 본 것 같았다.

살인의 소란이 그녀를 불러들였던 것이다. 한눈에 모든 것을 알아차린 그녀는, 너무 무서워 도망가려다 촛대를 떨어뜨렸다.

쥘리앵은 그것을 집어 들었다.

눈앞에는 자기의 아버지와 어머니가 가슴을 칼로 찔린 채 누워 있었다. 위엄이 있으면서도 온화한 두 사람의 얼굴은 영원한 비밀을 간직하고 있는 것만 같았다. 튀어 오른 피와 홍건히 엉긴 피가 두 사람의 하얀 피부 한가운데에도, 침대 시트에도, 바닥에도, 벽감에 걸린 상아 그리스도 상에까지도 퍼져 있었다. 때마침 햇빛을 받은 스테인드글라스의 진홍색 빛이 이 붉은 반점들을 비추었고, 수도 없이 많은 반점들을 온 방 안에 흩뜨렸다. 쥘리앵은, 이런 일은 있을 수 없다, 뭔가 잘못된 거다, 때로는 신기할 정도

구호성자 쥘리앵 스테인드 글라스(루앙대성당)

“눈앞에는 자기의 아버지와 어머니가 가슴을 칼로 찔린 채 누워 있었다.”

로 닮은 사람들도 있는 법이다, 하고 생각하면서, 또 그것을 믿으려 하면서 죽은 두 사람 쪽으로 걸어갔다. 마침내, 몸을 약간 숙여 아주 가까이에서 노인의 얼굴을 보았다. 감기지 않은 눈꺼풀 사이로 꺼져버린 눈동자를 보자 쥘리앵의 마음은 불처럼 타들었다. 그러고는 침대 저쪽, 또 하나의 시체가 누워 있는 곳으로 갔다. 하얀 머리채가 얼굴 한쪽을 가리고 있었다. 쥘리앵은 흘러내린 머리 가닥 속에 손가락을 넣어 걷어주고, 고개를 일으켰다. 뻣뻣해진 팔 끝을 붙잡고, 한 손으로는 촛대를 들고 비추면서 그 얼굴을 바라보았다. 피가 매트리스에서 스며 나와 바닥에 뚝뚝 떨어졌다.

날이 저물자 쥘리앵은 아내 앞에 나타났다. 그리고 평소와는 다른 목소리로, 우선, 이유를 묻지 말라, 자기에게 다가오지 말라, 얼굴도 쳐다보지 말라고 명령하고, 이 모든 명령은 취소될 수 없는 것이니, 이를 거역하면 영벌을 받게 되리라고 말했다.

장례는 서면으로 남긴 지시에 따라 사체가 있는 방의 기도대 위에서 치르게 될 것이다. 성관도, 가신들도, 몸에 걸

칠 옷가지 하나 챙기지 않고 모든 재산도 아내에게 양도했고, 신발은 계단 높은 곳에 벗어놨으니 누군가 가져갈 것이다.

자신도 모르게 죄를 짓는 것도 신의 뜻이라 아내는 그에 따랐다. 그리고 자기의 넋을 위해 기도하라고 했다. 이제 그는 세상에 존재하지 않는 몸이니.

부모의 시신은 성에서 사흘 거리에 있는 수도원에 성대하게 묻혔다. 어떤 수도사가 두건을 깊숙이 눌러 쓰고, 모든 사람들로부터 떨어져 행렬을 따라갔다. 아무도 그에게 굳이 말을 걸지 않았다.

미사가 진행되는 동안 그 수도사는 교회의 입구 한복판에 엎드려, 두 팔을 십자 모양으로 벌리고 이마를 먼지에 파묻고 있었다.

매장이 끝나자, 산으로 이어지는 길을 가는 수도사의 모습이 보였다. 몇 번이나 뒤를 돌아보다가 그는 마침내 사라졌다.

III

쥘리앵은 구걸하면서 세상을 떠돌았다.

길에서 말 탄 사람들에게 손을 내밀기도 하고, 무릎을 꿇고 수확하는 사람들에게 다가가기도 하고, 농가의 마당 울타리 앞에서 우두커니 서 있기도 했다. 그 얼굴이 너무나 슬퍼 보여 적선을 하지 않을 수 없었다.

자신을 비하하려는 마음에서, 쥘리앵은 자기 신상에 관한 이야기를 했다. 그러면 모두들 성호를 그으면서 달아났다. 이미 지나갔던 마을에서 쥘리앵의 얼굴을 알아보면, 사람들은 당장 문을 닫아버리거나 협박의 말을 퍼붓거나 돌을 던졌다. 가장 동정심이 많은 사람들도 밥그릇을 창가에 내놓고는 얼굴을 보지 않으려고 덧창을 닫았다.

어디에서나 냉대받은 쥘리앵은 사람들을 피하게 되었다. 나무뿌리, 풀, 썩은 과일을 먹었고, 모래톱을 따라가며 주운 조개로 허기를 달랬다.

때로 언덕배기에 서 있으면, 눈 아래로 들쑥날쑥 밀집해 있는 지붕들이, 교회의 돌 첨탑이며 다리, 탑, 거무스름한 도로와 뒤섞여 보이면서, 끊임없는 웅성거림이 그곳까지 올라왔다.

세상 사람들의 생활에 섞이고 싶어 거리로 나오는 일도 있었다. 그러나 사람들 얼굴의 짐승 같은 표정, 생업의 소란, 주고받는 말에서 느껴지는 냉담함에 쥘리앵의 마음은 얼어붙었다. 축제일이 되어 대성당의 종소리가 새벽부터 온 마을사람을 기쁘게 할 때면, 쥘리앵은 집에서 나오는 주민들을, 곳곳의 광장에서 춤추는 모습을, 교차로마다 넘쳐나는 맥주의 샘을, 제후들의 저택 앞에 드리워진 능직 휘장을, 저녁이 오면 집집의 아래층 창문을 통해 노인들이 아이들을 무릎에 안고 긴 식탁 앞에 앉아 있는 가족들을 바라보았다. 쥘리앵은 흐느낌에 가슴이 미어져 들판으로 돌아가는 것이었다.

목초지의 망아지들을, 둥지의 새들을, 꽃에 앉은 벌레들을 지긋이 바라보고 있노라면 애정이 밀려왔다. 그가 가까이 가면 하나같이 멀리 달아나고, 놀라서 숨어버리고, 서둘러 날아가버렸다.

쥘리앵은 인적이 드문 곳을 찾아다녔다. 그러나 바람은

그의 귀에 단말마의 헐떡임 같은 소리를 실어왔고, 땅에 떨어지는 이슬의 눈물은 그보다 무거운 다른 액체 방울을 떠올리게 했다. 태양은, 해가 질 때마다, 구름 사이로 피를 드러냈다. 밤마다 꿈속에서는 부모살해가 되풀이되었다.

쥘리앵은 쇠바늘로 고행자의 옷을 지어 입었다. 꼭대기에 예배당이 있는 언덕을 오를 때면 언제나 두 무릎으로 기어갔다. 그런데 준엄한 가책이 성체함의 광휘를 무디게 했고, 속죄의 고행으로 그를 심히 괴롭혔다.

이러한 업보를 치르게 한 신에게 반항심을 품지는 않았지만, 자신이 그런 죄를 지을 수 있었다는 사실에 절망했다.

쥘리앵은 자기의 사람됨이 너무나 무서워, 거기에서 벗어나기를 기대하면서 위험 속으로 스스로를 몰아넣었다. 불이 난 곳에서 중풍 걸린 사람들을 구해냈고, 연못 깊은 곳에서 아이들을 살려냈다. 심연은 그를 밀쳐냈고, 불꽃도 그를 멀리했다.

시간도 그의 괴로움을 진정시키지 못했다. 괴로움을 참을 수 없을 정도가 되었다. 쥘리앵은 죽으려고 결심했다.

그래서 어느 날 샘가에서 물이 얼마나 깊은지 보려고 몸을 구부려 들여다보자, 뼈만 앙상한 흰 턱수염의 노인이 앞에 나타나는 것이 보였다. 노인의 모습이 어찌나 비참한지 눈물을 참을 수 없었다. 노인도 울었다. 자신의 얼굴이라고는 생각 못하고, 쥘리앵은 그것과 닮은 얼굴을 막연히 떠올렸다. 쥘리앵은 소리를 질렀다. 그것은 아버지였다. 그 후로는 죽을 생각을 하지 않았다.

그리하여 기억의 무거운 짐을 짊어지고 여러 고장을 돌아다녔다. 한 번은 강 근처에 이르렀는데, 물살이 거세고 양쪽 물가에는 진흙이 넓게 퍼져 있어 건너기에 위험한 강이었다. 오래전부터 그곳으로 강을 건너려는 사람은 아무도 없었다.

낡은 배 한 척이, 선미가 진흙 속에 묻힌 채 갈대 사이로 뱃머리를 쳐들고 있었다. 배를 살펴보다가 한 벌의 노를 발견했다. 그때 쥘리앵은 자신의 삶을 다른 사람들 돕는 일에 쓰겠다는 생각을 했다.

강변 둔치에다 물 닿는 곳까지 내려갈 수 있게 하는 길 같은 것을 만드는 일부터 시작했다. 커다란 돌덩이들을 들어 올리느라 손톱이 깨졌고, 돌덩이를 배에 받치고 옮기다가 진흙에 미끄러지고 그 안에 빠지기도 했고, 여러 차례 죽을 뻔했다.

그 다음에는 난파선의 파편으로 배를 수리했고, 점토와 통나무로 오두막을 지었다.

뱃길이 알려져 강을 건너려는 자들이 찾아왔다. 그 사람들은 건너편에서 깃발을 흔들면서 쥘리앵을 불렀다. 쥘리앵은 곧바로 배에 올라탔다. 배는 너무 무거웠다. 온갖 종류의 보따리와 무거운 짐을 지나치게 많이 실은 데다 셀 수도 없이 많은 가축도 태웠는데, 놈들이 물이 무서워 날뛰면 혼잡은 더 심해졌다. 수고한 대가를 요구하는 일은 없었다. 어떤 사람들은 먹다 남은 음식을 배낭에서 꺼내주거나 너무 낡아서 입을 수도 없는 옷을 주었다. 난폭한 자들은 고래고래 소리 지르며 더러운 말을 내뱉었다. 쥘리앵은 부드럽게 그들을 나무랐다. 그러면 욕설로 맞대꾸하는 것이었다. 쥘리앵은 그들에게 축복의 기도를 해주는 것으로 마무리했다.

작은 탁자 한 개, 나무의자 한 개, 갈잎 침대 하나, 점토

사발 세 개, 이것이 쥘리앵의 살림살이 전부였다. 벽에 뚫린 두 개의 구멍이 창문 노릇을 했다. 한쪽으로는 황량한 들판이 까마득히 펼쳐지고, 표면 여기저기에 창백하게 빛나는 연못이 보였다. 그리고 바로 앞에는, 큰 강이 푸르스름한 물결을 치며 흘렀다. 봄이면 축축한 땅에서 썩은 냄새가 났다. 이어서 돌풍이 불어와 회오리치는 먼지를 일으켰다. 먼지는 어디에나 들어가, 물을 더럽히고, 잇몸 아래서 지금거렸다. 조금 지나서는 모기떼가 몰려와 밤낮 없이 그칠 줄 모르고 앵앵거리고 쏘아댔다. 그 다음에는 지독한 추위가 찾아와 무엇이나 돌처럼 딱딱하게 얼려버리고, 고기가 먹고 싶어 미치게 만들었다.

여러 달이 지나도록 쥘리앵은 한 사람도 만나지 못했다. 눈을 감고 그는 종종, 기억을 통해 젊은 시절로 돌아가보려고 애썼다. — 그러면 성의 안마당이 나타나고, 돌계단 위에서 기다리고 있는 그레이하운드 무리가, 무구실 안에 있는 하인들이, 그리고 포도나무로 덮인 정자 아래 모피를 두른 노인과 커다란 원뿔 모자를 쓴 부인 사이에 서 있는 금발의 소년이 떠올랐다. 갑자기 두 개의 시체가 보였다.

쥘리앵은 침대에 엎드려 눈물을 흘리면서 "아! 불쌍한 아버지! 불쌍한 어머니! 불쌍한 어머니!" 하고 되뇌고는 곁잠이 들어 음산한 환영을 계속 보게 되는 것이었다.

어느 날 밤 잠을 자고 있는데 누군가가 부르는 소리를 들은 것 같았다. 귀를 기울여보니 물결이 뒤척이는 소리일 뿐이었다.

그런데 똑같은 목소리가 다시 들렸다.

"쥘리앵!"

그 목소리는 강 건너에서 오고 있어, 강폭을 생각하면 기이한 일이었다.

세 번째로 또 불렀다.

"쥘리앵!"

이 큰 목소리에는 교회의 종소리와 같은 울림이 있었다.

초롱을 켜 들고 쥘리앵은 오두막을 나섰다. 미친 듯한 폭풍우가 밤을 가득 채우고 있었다. 어둠은 깊었고, 날뛰는 파도의 흰빛에 여기저기에서 그 어둠이 찢겼다.

잠시 머뭇거리다 쥘리앵은 닻줄을 풀었다. 물은 금방 고요해졌고, 배가 그 위를 미끄러져 갔다. 맞은편 둔치에 닿으니 한 남자가 기다리고 있었다.

그는 누더기 천을 두르고 있었고, 얼굴은 석고 가면 같았고, 두 눈은 숯불보다 붉었다. 초롱을 그에게 가까이 대보고, 쥘리앵은 흉측한 문둥병이 그의 몸을 뒤덮고 있는 것을 알아챘다. 그러나 그의 태도에는 왕의 위엄 같은 것이 있었다.

남자가 배에 올라타자, 배는 그의 무게에 눌려 쑥 내려앉았다. 한 번 흔들리더니 배는 다시 올라왔다. 쥘리앵은 노를 젓기 시작했다.

노를 저을 때마다, 되감기는 파도가 배를 앞으로 밀어 올렸다. 잉크보다도 검은 강물은 배의 양쪽 언저리를 치면서 맹렬하게 달렸다. 물은 깊은 골을 팠고, 물은 산을 만들어 냈고, 배가 그 위를 뛰어넘고 또 다시 깊은 곳으로 떨어지면 그곳에서 바람에 흔들려 핑그르르 돌았다.

쥘리앵은 몸을 굽혀 팔꿈치를 펴고, 두 발로 버티면서, 더욱 힘을 주려고 허리를 비틀어 몸을 뒤로 젖혔다. 우박이 손을 때리고, 비는 등을 타고 흐르고, 사나운 바람에 숨이 막혀 쥘리앵은 노 젓기를 멈췄다. 그러자 배가 멋대로 쓸려갔다. 그러나 쥘리앵은 이것이 중대한 일이라는 것을, 거역해서는 안 되는 명령이라는 것을 알고 다시 노를 잡았다. 놋좇이 삐걱거리는 소리가 폭풍우의 아우성을 뚝뚝 끊었다.

작은 초롱이 앞에서 타고 있었다. 새들이 날면서 때때로 불빛을 가렸다. 그래도 쥘리앵에게는 선미에서 기둥처럼 꼼짝 않고 서 있는 문둥병자의 눈이 줄곧 보였다.

그것은 오래, 퍽이나 오래 계속되었다!

두 사람이 오두막에 이르렀을 때 쥘리앵은 문을 닫았다. 남자가 나무 의자에 앉는 것이 보였다. 몸을 싸고 있던 수의 같은 천이 허리춤까지 미끄러져 내려와 있었다. 어깨도 가슴도 여윈 팔도 비늘 같은 물집으로 뒤덮여 있었다. 깊은 주름이 이마에 패여 있었다. 해골처럼, 코가 있던 자리에는 구멍이 나 있었다. 푸르스름한 입술은 안개처럼 짙은, 구역질 나는 가쁜 숨을 토해냈다.

"배고프오!" 하고 남자가 말했다.

쥘리앵은 오래된 돼지비계 한 쪽과 검은 빵 껍질 등, 갖고 있는 것을 그에게 주었다.

남자가 그것을 다 먹어치우고 나자, 탁자에도 사발에도 칼 손잡이에도 그의 몸에 있는 것과 같은 딱지와 진물이 묻었다.

이번에는 "목이 타오!" 하고 말했다.

쥘리앵은 항아리를 가지러 갔다. 그것을 들어 올렸더니 거기에서 향내가 나서 가슴도 코도 상쾌해졌다. 포도주였던 것이다. 이 무슨 횡재인가! 그런데 문둥병자가 팔을 뻗어 단숨에 항아리를 비워버렸다.

그러고는 — "춥소!" 했다.

쥘리앵은 촛불로 오두막 한가운데서 고사리 한 뭉치를 태웠다.

문둥병자는 와서 불을 쬐었다. 발뒤꿈치를 세우고 웅크려 앉아 온몸을 떨더니, 차츰 기운이 약해졌다. 눈에는 이제 빛이 없었고, 진물이 흘렀다. 그는 거의 꺼져버린 목소리로. "당신 침대로!" 하고 웅얼거렸다.

쥘리앵은 그를 붙잡고 조심스럽게 침대로 데려가, 배의 돛을 몸 위에 펼쳐 덮어주었다.

문둥병자는 신음소리를 냈다. 입가에 힘이 없어져 이가 드러났고, 가빠진 헐떡임에 가슴이 들썩였고, 숨을 들이쉴 때마다 배가 등뼈에까지 움푹 들어갔다.

이제 남자는 눈을 감았다.

"뼛속이 얼음 같소! 내 옆으로 오시오!"

그래서 쥘리앵은 돛을 들추고, 남자 곁에 바짝 붙어 갈잎 위에 나란히 누웠다

문둥병자는 고개를 돌렸다.

"옷을 벗고 당신 몸의 온기로 따뜻하게 해주오!"

쥘리앵은 옷을 벗었다. 그리고 세상에 태어나던 날처럼 발가숭이가 되어 침대 안으로 돌아왔다. 쥘리앵의 허벅지에, 뱀보다 차갑고 줄〔鑢〕처럼 꺼끌꺼끌한 그의 피부가 닿았다.

쥘리앵은 남자가 기운을 차리도록 애썼다. 남자는 숨을 헐떡이면서 대답했다.

"아! 나는 이제 죽을 거요!… 가까이 와서 나를 따뜻하게 해주오! 손으로 말고! 어서! 온몸으로."

쥘리앵은 입에는 입을, 가슴에는 가슴을 대고, 그 위에

꼭 맞추어 몸을 포갰다.

그러자 문둥병자가 쥘리앵을 끌어안았다. 그의 눈이 갑자기 별빛을 띠었다. 머리칼은 태양의 빛줄기처럼 쫙 펼쳐졌다. 코의 숨결에는 장미의 감미로움이 있었다. 훈향 연기가 화톳불에서 피어났고, 물결이 노래했다. 이러는 동안 넘쳐나는 희열, 인간 세상 것이 아닌 환희가 실신한 쥘리앵의 넋으로 홍수처럼 밀려 들어왔다. 두 팔로 쥘리앵을 꼭 껴안은 사람은 점점 커져, 머리와 발이 오두막의 양쪽 벽에 닿을 만큼 커졌다. 지붕은 날아갔고, 하늘이 펼쳐졌다. ― 쥘리앵은 자기를 하늘로 데려가는 우리 주 예수 그리스도와 얼굴을 마주보며, 푸르디푸른 공간으로 올라갔다.

이것이 내 고향에 있는 교회의 스테인드글라스에서 거의 그대로 볼 수 있는 구호성자 쥘리앵의 이야기다.

헤로디아

I

마케루스 성[1]은 사해 동쪽, 원추형 현무암 봉우리 위에 솟아 있었다. 네 개의 깊은 계곡이 성을 둘러싸고 있었는데, 두 개는 양옆에, 하나는 앞에, 네 번째 것은 뒤쪽에 접하여 있었다. 그 아래로, 고르지 않은 지면을 따라 구불구불 둥글게 둘러쳐진 담벼락 안에 민가가 다닥다닥 모여 있었다. 바위를 깎아 지그재그 꼴로 만든 길을 통하여 마을은 성채로 이어졌다. 높이가 육십 미터에 이르는 성벽에는 튀어나온 모서리가 수없이 많았고, 성벽 상단은 방어용 요철이 이어졌으며, 성벽 곳곳에 세워진 탑들은 마치 깎아지른 골짜기 위에 걸친 석조 왕관의 꽃무늬 장식처럼 보였다.

성 안에는 주랑이 열 지어 있는 궁전[2]이 있어, 그곳에 무화과나무로 난간을 두른 테라스가 달려 있고, 테라스에는 차일을 치기 위한 기둥이 가지런히 서 있었다.

어느 날 아침, 해가 뜨기 전, 태수 헤로데 안티파스[3]는 이 난간에 와서 팔꿈치를 기대고, 사방을 바라보았다.

산들이 즉시 눈 아래서 능선을 드러내기 시작하는 한편, 산체는 골짜기 바닥에 이르기까지 아직 어둠에 잠겨 있었다. 안개가 떠오르더니 흩어졌고, 사해의 윤곽이 나타났다. 마케루스 성 뒤편으로 올라오는 새벽빛이 불그스름한 색을 펼쳤다. 그 빛은 이윽고 모래사장을, 이어지는 언덕을, 사막을, 또 저 멀리 경사면을 울퉁불퉁한 회색으로 드러내는 유대[4]의 모든 산을 비추었다. 엔게데[5]가 한복판에 검은 선을 그려내고 있었다. 헤브론[6]은 그 깊숙한 곳에서 둥근 지붕처럼 웅크리고 있었다. 에스콜에는 석류나무들이, 소렉에는 포도원이, 카르멜[7]에는 참깨 밭이 있었다. 기괴한 입방체의 안토니아 탑[8]이 예루살렘을 굽어보고 있었다. 태수는 눈길을 돌려 오른쪽에 있는 예리코[9]의 종려나무 숲을 바라보았다. 그러고는 자신의 영토 갈릴리[10]의 다른 지역들인 가버나움을, 엔도르를, 나사렛을, 이제는 그곳으로 돌아갈 일이 없을 티베리아스[11]를 생각했다. 그 사이 요르단 강[12]은 척박한 벌판을 흐르고 있었다. 새하얗게 흐르는 강은 백설 옷감처럼 눈부셨다. 호수는 이제 청금석처럼 보였다. 이윽고 그 남쪽 끝, 예멘[13] 방향에서 안티파스는 행여 보게 될까 두려워하던 광경을 보고야 말았다. 갈색 천막이 곳곳에 쳐 있었다. 창을 든 남자들이 군마 사이를 돌아다니고, 꺼져가는 화톳불이 지면에 닿을 듯이 불똥처럼 번쩍였다.

그것은 아라비아 왕의 군대였다. 안티파스는 그 왕의 딸을 버리고 헤로디아[14]를 가로챘던 것인데, 그녀는 권력에 대한 야망이 없이 이탈리아에 살고 있는 형의 아내였다.

안티파스는 로마인들의 원조를 기다렸으나 시리아의 총독 비텔리우스[15]의 도착이 늦어지자 몹시 불안해했다.

아그리파[16]가 혹시 황제[17]에게 이 사실을 고해바친 것일까? 바타네아[18] 왕인 그의 셋째 형 필립보는 은밀하게 군대를 준비하고 있었다. 유대인들은 더 이상 안티파스의 우상숭배 풍습을 원치 않고, 다른 모든 종족들도 그의 통치를 원하지 않았다. 그는 아라비아 종족을 회유하든가, 아니면 파르티아[19]와 동맹을 맺든가 하는 두 계획 사이에서 주저할 수밖에 없었다. 그래서 생일 축하연을 벌인다는 구실로, 바로 그날, 휘하의 장군들, 영지 관리인들, 갈릴리의 요인들을 대향연에 초대했던 것이다.

안티파스는 날카로운 눈길로 모든 도로를 샅샅이 살폈다. 거리는 텅 비어 있었다. 독수리 몇 마리가 머리 위로 날아갔다. 병사들이 흉장을 따라, 성벽에 기대어 잠들어 있었다. 성 안에는 무엇 하나 움직이지 않았다.

갑자기, 땅속 깊은 곳에서 빠져나온 듯한 멀리서 들려오는 목소리에 태수의 얼굴이 창백해졌다. 태수는 잘 들어보려고 몸을 굽혔다. 그 목소리는 사라졌다가 다시 들려왔다. 태수는 손바닥을 세게 치면서, ― "마나에이! 마나에이!" 하고 소리쳐 불렀다.

한 사내가 목욕탕의 안마사처럼 웃통을 벗은 채 나타났다. 사내는 키가 몹시 크고 여윈 늙은이로, 청동 칼집에 든 단검을 허리에 차고 있었다. 빗어 넘긴 머리 때문에 긴 이마가 더 길어 보였다. 졸린 듯한 눈에는 빛이 없었지만 이

빨은 반짝였고, 엄지발가락이 살짝 포석에 닿아 있었다. 그의 몸 전체에 원숭이 같은 민첩함이 있었고, 얼굴은 미라처럼 무표정했다.

"그자는 어디 있나?" 태수가 물었다.

마나에이는 뒤쪽에 있는 한 물체를 엄지손가락으로 가리키며 대답했다.

"저기 있습니다! 변함없이!"

"그자의 목소리가 들린 것 같았는데!"

안티파스는 숨을 크게 들이쉬고 나서, 요카난[20]이 어찌하고 있는지 물었다. 요카난이란 라틴 민족이 세례 요한 성자라고 부르는 바로 그 인물이다. 지난달, 은전을 얻어 요카난의 지하 감옥에 들어왔던 그 두 남자[21]를 다시 보았는지, 그 후에 그 사람들이 무엇을 하러 왔는지 묻는 것이었다.

마나에이가 답했다.

"저녁에 길거리에 출몰하는 도적들처럼 알 수 없는 말을 그 사람과 주고받던걸요. 그러고 나서 두 녀석은 굉장한 소식을 가져오겠다고 말하고 위〔上〕 갈릴리로 떠났습니다."

안티파스는 고개를 숙이더니 깜짝 놀란 모습으로 말했다.

"그자를 감시하라! 그자를 감시해! 그리고 아무도 들여보내서는 안 돼! 문도 잘 닫고! 구덩이는 덮어놔야 돼! 그자가 살아 있으리라고는 꿈에도 생각 못할 테니!"

이 명령이 떨어지기가 무섭게 마나에이는 일을 해치웠다. 요카난은 유대인이고, 모든 사마리아인[22]이 그렇듯이 그도 유대인을 증오하기 때문이었다.

모세가 이스라엘의 중심지로 명했던 가리짐 산, 그곳에 있던 사마리아인들의 신전은 히르칸 왕[23] 이후로 흔적도 없어졌고, 예루살렘의 신전은 모독과 그칠 줄 모르는 부당함으로 사마리아인들을 격분케 했다. 마나에이는 죽은 자들의 뼈를 가지고 제단을 더럽힐 목적으로 그 신전에 숨어 들어간 적이 있었다. 마나에이만큼 민첩하지 못했던 동료들은 목이 잘렸다.

마나에이는 두 개의 언덕 사이에 서 있는 신전을 보았다. 햇빛을 받아 신전의 흰 대리석 장벽과 금박을 입힌 지붕이 번쩍였다. 그것은 빛나는 산과도 같았고, 호사와 긍지로써 모든 것을 위압하는 초인적인 그 무엇처럼 보였다.

그때 마나에이가 시온의 언덕[24]을 향하여 팔을 뻗었다. 똑바로 서서 고개를 치켜들고 주먹을 쥔 채, 말에 영험이 있다고 믿으면서 저주를 던졌다.

안티파스는 불쾌한 기색 없이 듣고 있었다.

사마리아인이 말을 이었다.

"때때로 그 사람이 바삐 움직입니다, 도망치고 싶겠지요. 풀려나기를 기대하는 겁니다. 그러다가도 병든 가축처럼 얌전히 있습니다. 그런가 하면, '어쩌겠는가? 그가 흥하기 위해서는 내가 쇠해야 하거늘!'[25]이라는 말을 되풀이하면서 어둠 속에서 걸어 다니는 것이 보이기도 합니다."

안티파스와 마나에이는 눈길을 주고받았다. 그러나 태수는 깊이 생각하는 일에 지쳐 있었다.

석화된 큰 파도가 층층이 겹쳐 있는 것 같은 주변의 그 모든 산들이, 단애 측면에 움푹 파인 시꺼먼 구멍들이, 끝없는 푸른 하늘이, 한낮의 난폭한 빛이, 깊이를 헤아릴 수 없는 골짜기들이 그의 마음을 어지럽혔다. 기복이 심한 사막을 보자 무너진 원형 투기장과 궁전들의 모습이 떠올라 깊은 비애감이 엄습해왔다. 뜨거운 바람이 유황 냄새와 함께, 해안보다 더욱 낮은 곳, 육중한 물속 깊이 파묻힌 저주받은 도읍들[26]로부터 뿜어 나오는 숨결 같은 것을 실어왔다. 영원히 지속될 분노의 이 표징들을 보니 오싹한 마음이 들었다. 태수는 난간에 팔꿈치를 기대고, 눈을 고정한 채 두 손으로 관자놀이를 누르고 있었다. 누군가의 손이 그에게 닿았다. 그는 뒤를 돌아보았다. 헤로디아가 앞에 있었다.

하늘하늘한 주홍색 긴 드레스가 발끝까지 그녀를 감싸고 있었다. 침실에서 급히 나오느라 목걸이도 귀고리도 하지 않은 채였다. 땋아 늘인 검은 머리가 한쪽 어깨로 흘러내려, 머리채 끝이 양쪽 젖가슴 사이에 파묻혔다. 지나치게 위로 들린 콧구멍이 발름거렸고, 승리의 환희가 얼굴을 빛나게 했다. 그리고 태수를 흔들면서 큰 소리로 말했다.

“황제가 우릴 아끼나 봐요! 아그리파가 옥에 갇혔다는군요!”

“누구에게서 들었소?”

"다 아는 수가 있어요!"

또 이렇게 덧붙였다.

"카이우스[27]에게 제국을 맡길 생각이었던 거죠!"

아그리파는 이 부부의 은덕으로 살아가면서도 이들처럼 왕의 자리를 간절히 바랐던 것이다. 그런데 앞으로는 아무런 두려움도 없다! —"티베리우스 황제의 감옥은 쉽게 열리지 않아요. 거기에서 살아 나오기도 어렵죠!"

안티파스는 아내의 말에 수긍했다. 헤로디아가 아그리파의 누나이기는 하지만, 이 잔혹한 책략이 그에게는 타당해 보였다. 이러한 시역弑逆은 당연한 귀결이었고, 왕가의 숙명이기도 했다. 헤로데의 왕실에서도 그런 일이 셀 수 없이 많았으니.

이윽고 헤로디아는 자기의 계략을 털어놓았다. 식객을 매수했고, 밀서를 폭로했고, 방마다 첩자를 풀었고, 어떻게 해서 밀고자 유티키우스[28]를 교사하는 데 성공했는지를.

"만사가 막힘없이 이루어졌어요! 당신을 위해서라면 무슨 일인들 못 했겠어요?… 딸[29]도 저버린 마당에!"

전 남편[30]과 헤어지고 나서 그녀는, 태수의 아이들을 갖고 싶은 열망에 어린 딸을 로마에 두고 왔던 것이다. 여태껏 딸 얘기를 한 적은 없었다. 태수는 그녀가 왜 이렇게 다정하게 대하는지 의아한 생각이 들었다.

차일이 드리워지고 이내 두 사람 곁에 커다란 쿠션들이 운반되었다. 헤로디아는 거기에 맥없이 주저앉아 등을 돌린 채 울었다. 그러더니 손으로 눈물을 훔치고는, 더 이상 그 생각은 하고 싶지 않다고, 자기는 지금 행복하다고 했다. 그녀는 로마의 회랑 안뜰에서 주고받았던 정담을, 한증실에서의 밀회를, 성도[31]를 따라 산책하던 일을, 큰 별장의 꽃그늘 아래서 로마의 평지를 바라보며 분수의 속삭임에 귀 기울이던 밤들을 태수에게 상기시켰다. 그녀는 고양이 같은 몸짓으로 태수의 가슴에 몸을 부비면서 예전처럼 그를 바라보았다. — 안티파스는 그녀를 밀어냈다. 헤로디아가 되살려내려 했던 사랑은 이제 너무 멀어져 있었다! 게다가 그의 모든 불행이 거기에서 비롯된 것이었다. 12년 전부터 이미 전투가 계속되고 있었기 때문이다. 그 전투로 인해 태수는 늙어버렸다. 보라색 단을 댄 거무스름한 토가를 걸친 그의 어깨는 구부정했다. 허옇게 센 머리가 구레나룻으로 이어졌고, 차일을 뚫고 들어오는 햇빛이 그의 침울한 이마를 훤히 비추었다. 헤로디아의 이마도 주름져 있었다. 얼굴을 마주하고 두 사람은 상대를 사납게 바라보았다.

산길 곳곳에 사람들이 늘어나기 시작했다. 소몰이꾼들이 소를 몰고, 아이들은 나귀를 끌고, 마부들은 말을 데려오고 있었다. 마케루스 저쪽 편 고지대를 내려오던 사람들이 성관 뒤쪽으로 사라져갔다. 맞은편 협곡을 올라오던 사람들은 성읍에 이르러 집집의 마당에 짐을 내려놓았다. 이들은 태수에게 물품을 조달하는 사람들과, 하객들에 앞서 오는 하인들이었다.

그런데 테라스 안쪽 왼편에서 에세네파[32] 남자가 나타났다. 흰색 법의에 맨발, 의연한 모습이었다. 마나에이가 오른쪽에서 단검을 쳐들고 뛰어들었다.

헤로디아가 그에게 소리쳤다.

"그놈을 죽여라!"

"잠깐!" 태수가 말했다.

마나에이는 멈춰 섰다. 상대도 가만히 있었다.

이윽고 두 사람은 서로에게서 눈을 떼지 않은 채 뒷걸음질로 각자 다른 계단으로 물러섰다.

"나는 저놈을 알아요!" 헤로디아가 말했다. "파누엘이라고 하죠. 요카난을 만나려고 찾아온 거라구요. 당신이 뭣도 모르고 그자를 살려두고 있으니 그런 거예요!"

안티파스는 언젠가 써먹을 일이 있을 거라고 반박했다. 요카난이 예루살렘을 비난함으로써 나머지 유대인들의 민심이 자기네 쪽으로 기운다는 설명이었다.

"아녜요!, 그자들은 주인이란 주인은 있는 대로 섬기느라, 나라를 하나로 만들 능력이 없다구요!" 하고 그녀는 말을 되받았다.

느헤미야[33] 이래 유대의 민심에 깊이 자리 잡은 소망으로 그 민족을 움직여온 인물이라면 제거하는 게 최상의 방책이라는 것이었다.

태수의 생각으로는 서두를 필요가 전혀 없었다. 요카난이 위험인물이라고? 그럴 리가! 태수는 웃음을 지어 보였다.

"그 얘긴 그만 하세요!"

이렇게 말하고 헤로디아는 갈라드[34]로 방향성 수지를 채취하러 갔던 날 모욕당한 이야기를 또 들먹였다.

"사람들이 강변에서 벗어놨던 옷을 입고 있었어요. 옆에 있는 언덕 위에서 한 남자가 말을 하고 있었어요. 허리에 낙타 가죽을 두르고 있었는데 머리가 사자같이 생겼더군요. 그자는 나를 알아보자마자 선지자들의 온갖 저주를 내게 퍼붓는 거예요. 그의 눈은 이글이글 타올랐고, 목소리는 우렁찼어요. 천둥을 낚아채려는 듯이 그자가 팔을 치켜들었어요. 도저히 도망칠 수 없었죠! 내가 타고 있던 마차는 바퀴가 차축까지 모래 속에 박혀 있었거든요. 나는 뇌우처럼 쏟아지는 그 악담에 심신이 얼어붙어 외투에 몸을 숨기고 천천히 그곳을 벗어났어요."

요카난이 있어서는 그녀가 살아갈 수 없었다. 그가 체포되어 밧줄에 묶여 있을 때, 저항하면 병사들에게 단도로 찌르라고 했지만 그는 온순했다. 그의 감방에다 뱀을 풀어놓아도 다 죽어버렸다.

이 모든 계략이 수포로 돌아가자 헤로디아는 분을 참지

못했다. 게다가 왜 그자는 자기에게 싸움을 거는 것일까? 어떤 이득이 있어 그런 짓을 해대는 걸까? 군중에게 큰 소리로 전달된 그의 말은 널리 퍼져 전파되었다. 가는 곳마다 헤로디아는 그 말을 듣게 되었고, 그 말들이 대기를 가득 채웠다. 백만 대군에 맞서야 한다면 그럴 용기도 있었다. 그러나 검보다 더 해롭고 여간해서 파악되지 않는 그 힘이 너무 무서웠다. 그래서 그녀는 분노로 파랗게 질려, 자신을 질식케 하는 것을 표현할 낱말을 찾지 못하여 테라스를 오락가락했다.

그녀는, 태수가 그 소문을 듣고 혹시나 자기를 버리려고 할지도 모른다는 생각도 했다. 그렇게 되면 다 잃어버린다! 어렸을 때부터 그녀는 대제국의 꿈을 키워왔다. 첫 남편을 버리고 이 남자와 합친 것도 그 꿈을 이루기 위해서였던 것인데, 이 사람이 자기를 속였다고 생각했다.

"당신 가문에 들어와서 나는 잘난 지원을 얻었지 뭐예요!"

"우리 가문이 당신네 가문 뒤지지 않아!"라고 태수는 말할 뿐이었다.

헤로디아는 혈관 속에서 선조인 대사제들과 왕들의 피가 끓어오르는 것을 느꼈다.

"그런데 당신의 조부는 아스칼론[35] 신전의 청소부였죠! 다른 선조들은 양치기나 산적, 대상의 낙타몰이, 아무튼 모두들 다윗 왕[36] 이래 유대국에 조공을 바치는 유목민이었고요! 내 조상들은 모두 당신 조상들을 쳐부쉈어요! 마카비 가문[37]의 초대 왕이 당신네 일족을 헤브론에서 몰아냈고, 히르칸 왕은 당신네 일족에게 할례를 강요했죠!"

이렇게 그녀는 평민에 대한 귀족 여인의 경멸, 에돔에 대한 야곱의 증오를 뿜어내면서 모욕에 무관심한 태수의 태도를, 그를 배신하는 바리새인들에 대한 나약함을, 헤로디아를 싫어하는 백성에 대한 태수의 무기력함을 비난하는 것이었다.

"당신도 그 사람들과 마찬가지예요, 내 말이 맞죠! 바위를 돌면서 춤추는 그 아라비아 여자도 잊지 못할 테고요. 다시 만나세요. 그 여자의 천막집으로 가서 같이 살아보라구요! 재 속에서 구워낸 빵으로 허기를 달래고, 엉긴 양젖을 삼켜봐요! 그 여자의 푸르스름한 뺨에 입 맞추세요! 그리고 나 같은 건 잊어버려요!"

태수는 더 이상 듣고 있지 않았다. 그의 눈은 어떤 집의 발코니를 바라보고 있었다. 그곳에는 한 처녀와 낚싯대처럼 긴 갈대 손잡이가 달린 양산을 든 늙은 여자가 있었다. 양탄자 한가운데에는 커다란 여행용 바구니가 입을 벌린 채 놓여 있었다. 그 안에는 허리띠며, 너울, 금은세공 장식물들이 잔뜩 담겨 있었다. 처녀는 이따금씩 이 물건들을 보려고 몸을 구부리기도 하고, 손으로 집어 흔들어보기도 했다. 그녀는 로마 여인들처럼, 주름 잡힌 긴 튜니카에 에메랄드 장식을 늘어뜨린 소매 없는 웃옷을 겹쳐 입었고, 파란 색 가는 끈들로 얽어맨 머리채가 너무 무거운지 가끔씩 만졌다. 양산 그림자가 그녀의 몸을 반쯤 가리면서 몸 위에 어른거렸다. 안티파스는 그 우아한 목선을, 눈초리를, 작은 입매를 두세 번 얼핏 보았다. 그러나 허리부터 목덜미까지, 구부렸다가 유연하게 몸을 일으키는 그녀의 전신이 보였다. 되풀이되는 이 몸짓을 훔쳐보면서 그의 숨이 더욱 거칠어졌고, 눈에는 불꽃이 타올랐다. 헤로디아가 그것을 지켜보고 있었다.

"누구지?" 하고 태수가 물었다.

그녀는 아는 바 없다고 대답하고는, 갑자기 마음이 놓인 표정으로 가버렸다.

회랑에서는 문서 감정관, 목축장長, 염전 관리인 등 갈릴리 사람들과, 부하 기병들을 통솔하는 바빌론의 유대인이 그를 기다리고 있었다. 일동은 환호하면서 그를 맞아들였다. 그 후 태수는 궁전의 내실 쪽으로 사라졌다.

파누엘이 복도 모퉁이에서 불쑥 나타났다.

"아니! 또 뭔가? 자네는 요카난 때문에 온 것으로 아는데?"

"당신 때문이기도 하오! 중대한 보고가 있소." 그러더니 안티파스를 떠나지 않고, 어두운 실내까지 그를 쫓아 들어왔다.

햇살이 창문 격자를 타고 떨어져 돋을 장식 아래를 따라 번져갔다. 주위의 벽은 검은색에 가까운 석류 색으로 칠해져 있었다. 안쪽에는 소가죽 띠를 댄 흑단 침대가 놓여 있었다. 그 위에서 황금 방패가 태양처럼 빛나고 있었다.

안티파스는 방을 가로질러 가 침대 위에 누웠다.

파누엘은 서 있었다. 그는 팔을 쳐들고 영감을 받기나 한 태도로 말했다.

"하늘에 계신 분은 때때로 그분의 아들을 지상에 보내지요. 요카난은 그런 아들이오. 만약 당신이 그를 탄압하면 천벌을 받을 것이오."

"그자가 나를 괴롭히는 거요!" 안티파스가 소리쳤다. "그는 내게 불가능한 것을 원했지. 그때부터 나를 헐뜯는 거요. 그리고 내가 처음부터 가혹했던 건 아니야. 그는 내 영토를 어지럽히는 자들을 마케루스에서 놓아주기까지 했어. 벌 받아 마땅하지! 공격 받으니 방어할 수밖에!"

"그의 분노가 너무 격렬하오" 하고 파누엘이 응수했다. "어찌 되었든! 그 사람을 풀어주어야 하오!"

"난폭한 짐승들은 풀어주는 게 아니야!"라고 태수가 말했다.

에세네파 사람은 대답했다.

"이제 불안해하지 않아도 되오! 그는 아라비아, 갈리아, 스키타이 지방[38]으로 갈 테니까. 그의 업적은 세상 끝까지 뻗어나가야 하오!"

안티파스는 어떤 환상에 빠져 있는 것처럼 보였다.

"그의 힘은 강력하지!… 나도 그 사람을 좋아한다네!"

"그가 풀려나더라도 말이오?"

태수는 고개를 끄덕였다. 그는 헤로디아, 마나에이, 그리고 그 미지의 인물[39]을 두려워하고 있었다.

파누엘은 자신의 계획에 대한 보증으로, 역대 왕들에게 에세네파가 순종했던 사실을 내세우면서 태수를 설득하려고 애썼다. 가난하고, 고난에 굴하지 않고, 베옷을 입으며, 별을 보면서 미래를 점치는 이 사람들은 존경받았다.

안티파스는 조금 전에 자기에 관해 했던 말을 생각해냈다.

"그게 뭔가, 자네가 내게 중요하다고 했던 그 일이?"

흑인 한 사람이 갑자기 나타났다. 먼지를 하얗게 뒤집어쓰고 있었다.

그는 헐떡이며 겨우 이렇게 내뱉을 뿐이었다.

"비텔리우스!"

"뭐라고? 오셨단 말이냐?"

"제가 봤습니다. 세 시간 이내에 여기 오십니다!"

복도마다 드리워진 장막들이 바람에 펄럭였다. 소문이 성내를 가득 채웠고, 사람들이 뛰어다니는 소리, 가구 끌리는 소리, 와르르 쏟아지는 은그릇 소리로 왁자지껄했다. 곳곳의 망루 위에서는 흩어져 있는 노예들을 불러들이는 쇠 나팔이 울어댔다.

II

비텔리우스가 궁정으로 들어왔을 때 성내는 인파로 뒤덮여 있었다. 그는 통역의 팔에 기대어 깃털과 거울로 장식된 붉은 색의 커다란 가마를 거느리고, 원로의 휘장을 두른 토가 차림에 집정관 장화를 신고 호위관들에게 둘러싸여 있었다.

호위관들은 열두 벌의 속간[40]을 성문에 기대어 세웠다. 도끼 한 자루를 가운데 놓고 가죽 끈으로 다발을 지은 막대기 묶음이다. 그것을 보고 모두들 로마인의 위세 앞에서 몸을 떨었다.

여덟 명의 장정이 짊어진 가마가 멈췄다. 불룩한 배에 여드름 난 얼굴을 하고 손가락마다 진주 반지를 낀 소년이 안에서 나왔다. 향료를 탄 포도주가 가득 담긴 술잔이 그에게 주어졌다. 그것을 다 마시고 또 한 잔을 청했다.

태수는 총독 앞에 무릎을 꿇고, 왕림의 은총을 좀 더 일찍 알지 못해 송구스럽다고 말했다. 미리 알았더라면 오시는 길목마다 비텔리우스 일가를 맞이하는 데 필요한 모든 것을 명령해놓았을 것을. 그 일가는 여신 비텔리아의 후예였다. 야니쿨룸에서 바다에 이르는 길[41]이 지금도 그 이름을 지니고 있었다. 수많은 재무관, 집정관이 그 가문 출신이었다. 오늘의 귀빈 루키우스로 말하자면 킬리키아의 정복자[42]이자 젊은 아울루스의 부친이니 감사하여 마땅하고, 동방은 많은 신들의 본고장이니 아드님이 자신의 영토로 되돌아온 것이나 다름없다는 것이었다. 이 과장된 언사는 라틴어로 이어졌다. 비텔리우스는 이를 냉담하게 받아들였다.

비텔리우스는 헤로데 대왕이 한 민족을 영광스럽게 하기에 족하다고 말했다. 아테네 시민들은 그에게 올림픽 경기의 총재 지위를 부여했다. 그는 아우구스투스 대제를 기려 많은 신전을 건립했으며, 역대 로마 황제들에게 항상 인내하고, 지략이 풍부하고, 용맹하고도 충성스러웠다.

청동 기둥머리를 얹은 원주들 사이로, 불 지핀 향을 은쟁반 위에 받쳐 든 환관들과, 시녀들에게 둘러싸여 황후 같은 자태로 다가오는 헤로디아의 모습이 보였다.

총독이 이를 맞이하려고 세 걸음을 뗀 후 고개를 가볍게 숙여 인사하자, 헤로디아가 큰 소리로 말했다.

"기쁘기 그지없습니다! 티베리우스 전하의 원수 아그리파는 이제 꼼짝도 못 하게 되었습니다!"

총독은 그 사건을 모르고 있었다. 그래서 그녀가 위험해 보였다. 안티파스가 자신은 황제를 위해 무엇이든 불사하겠다고 맹세했을 때, 비텔리우스는 이렇게 물었다. — "다른 사람들을 희생시켜서라도 말이오?"

비텔리우스가 전에 파르티아 왕으로부터 인질들을 구해 냈으니, 황제는 더 이상 그 문제에 관심을 갖지 않았다. 안티파스가 당시 회의석상에서, 자신의 공을 내세우려고 로마에 그 소식을 급송했던 것이다.[43] 안티파스에 대한 깊은 원한도, 지체된 지원군 파견도 그 때문이었다.

태수는 말을 어물거렸다. 그러나 아울루스는 미소 지으며 말했다.

"걱정 마시오, 내가 두둔해줄 테니!"

총독은 못 들은 척했다. 아버지의 영달은 아들의 오행汚行에 의한 것이었다. 카프리 섬의 진창에서 핀 이 꽃[44]이 그에게 막대한 명리를 가져다주었으니, 독이 있는 꽃이라 내키지 않으면서도 아들을 성심으로 감쌌다.

성문 아래서 소동이 일었다. 사제 복장을 한 사람들이 흰 노새를 타고 열 지어 몰려오고 있었다. 이들은 사두가이파 사람들과 바리사이파 사람들이었다. 한쪽은 제사장직을 얻어내려는, 또 한쪽은 그것을 계속 유지하려는 동일한 야심이 이들을 마케루스로 달려오게 만들었다.[45] 그들의 낯빛은 어두웠고, 특히 로마와 태수의 적인 바리사이파가 그러했다. 긴 옷자락이 군중 속에서 거치적거렸다. 성서의 구절이 적힌 양피지 끈으로 묶은 이마에서 머리에 쓴 관이 흔들렸다.

거의 동시에 전위대 병사들이 도착했다. 그들은 먼지에

대비하여 배낭에 방패를 넣어 가지고 왔다. 그 뒤에는 총독의 부관 마르켈루스가 나무 서판을 겨드랑이에 끼고 있는 징세인들[46]을 거느리고 있었다.

안티파스는 측근 요인들인 톨마이, 칸테라, 세혼, 그를 위해 역청을 사온 알렉산드리아의 암모니우스, 보병대장 나아만, 바빌로니아 사람 야킴의 이름을 열거했다.

비텔리우스는 마나에이를 눈여겨 두고 있었다.

"저 사내는 대체 누구요?"

태수는 몸짓으로, 그가 참수 담당임을 알렸다.

이어서 사두가이파 사람들을 소개했다.

그리스어를 쓰는 작은 체구의 요나타스는 허물없는 태도로, 예루살렘을 찾아주시는 영예를 베풀어달라고 총독에게 간청했다. 아마도 가게 되리라는 것이었다.

매부리코에 수염이 긴 엘레아자르는, 관헌에 의해 안토니아 탑에 억류되어 있는 대제사장의 법의를 바리사이파를 위해 반환해달라고 요구했다.

다음으로, 갈릴리 사람들이 폰티우스 필라투스[47]의 비리를 고발했다. 사마리아 부근의 동굴 안에서 다윗 왕의 황금 단지를 찾고 있던 어느 미친 사람을 구실로 삼아, 많은 주민을 그가 살해했다는 것이다. 일제히 그 사건을 거론했지만, 그중에서도 마나에이가 누구보다 격렬했다. 죄 지은 자들은 벌 받게 될 것이라고 비텔리우스는 분명히 말했다.

병사들이 방패를 걸어놓았던 주랑 앞에서 고함소리가 터졌다. 방패의 덮개가 벗겨지자, 가운데 돌출 부분에서 황제의 초상이 보였던 것이다. 그것이 유대인들에게는 일종의 우상숭배였다. 안티파스가 그들에게 훈시를 했다. 비텔리우스는 주랑의 높은 좌석에서 유대인들의 광란에 놀라고 있었다. 티베리우스 황제가 유대인 4백 명을 사르디니아에서 추방한 것은 옳았다. 그렇지만 그들이 본국에서는 강대한 세력이었다. 비텔리우스는 방패를 치우라고 명령했다.

그러자 그들은 부당행위에 대한 배상과 이권, 구제금을 탄원하면서 총독을 에워쌌다. 옷들이 찢어지고, 서로 이리저리 밀렸다. 공간을 만들려고 노예들이 작대기를 휘두르며 좌우를 치고 다녔다. 성문에 바짝 붙어 있던 사람들이 길 쪽으로 내려오는가 하면, 다른 무리는 그쪽으로 올라갔다. 그들이 떠밀렸다. 성벽 안쪽에 압착되어 요동하는 인파 속에서 두 무리의 흐름이 오르내렸다.

비텔리우스는 사람이 왜 이리 많은지 물었다. 자신의 생일잔치 때문이라고 안티파스가 그 이유를 말했다. 그러고는 영양羚羊, 황새, 넓적한 푸른 생선, 포도, 수박, 피라미드식으로 쌓아 올린 석류 등, 고기며 과일이며 채소가 담긴 굉장히 큰 광주리들을 성벽 꼭대기 감시구에서 몸을 구부리고 밧줄로 끌어올리는 수많은 부하들을 손으로 가리켰다. 아울루스는 참을 수 없었다. 후년 세계를 경악케 한 식탐에 사로잡혀 주방 쪽으로 내달았다.

지하 창고 옆을 지나갈 때, 갑옷처럼 생긴 냄비들이 눈에 띄었다. 비텔리우스가 그것을 보러 왔고, 요새의 지하실을 열어 보여달라고 했다.

그것은 높다란 궁륭 모양으로 암석을 깎아내어 일정 간격을 두고 기둥을 세워 만든 방들이었다. 첫 번째 방에는 낡은 갑주들이 들어 있었지만, 두 번째 방은 창으로 가득했고, 창끝이 모두 깃털 두겁에서 얼굴을 내밀고 가지런히 늘어서 있었다. 세 번째 방에는 벽면에 갈대 돗자리가 걸려 있는 것처럼 보였는데, 수많은 가느다란 화살이 촘촘히 수직으로 세워져 있었다. 반월도의 칼날이 네 번째 방의 내벽을 뒤덮고 있었다. 다섯 번째 방 한가운데, 도가머리를 얹고 있는 투구의 대열은 떼 지어 있는 붉은 뱀 같은 형상을 하고 있었다. 여섯 번째 방에는 온통 화살통이, 일곱 번째 방에는 각반이, 여덟 번째에는 갑옷 팔 덮개가 가득했다. 이어지는 방들에는 쇠스랑, 갈고리, 사다리, 동아줄에서부터 투석기에 쓰는 받침대까지, 단봉낙타 가슴에 매다는 방울까지 있었다! 산성은 내부가 벌집처럼 도려내어져 있고, 밑으로 내려가면서 넓어지기 때문에 이 방들 아래쪽에는 수가 더 많고 더 깊숙한 방들이 있었다.

비텔리우스와 그의 통역 피네, 징세인 우두머리 시센나는 세 명의 환관이 들고 가는 횃불을 따라가며 이 방들을 둘러보았다.

어둠 속에서 야만족들이 만든 흉측한 물건들이 보였다. 못이 박힌 곤봉, 상처에 독을 주입하는 투창, 악어의 턱뼈같이 생긴 집게 등, 요컨대 태수는 마케루스 성에 사만 병사의 군수품을 비축해두고 있었던 것이다.

태수는 적국의 동맹에 대비하여 이것을 모아두었다. 그러나 총독은 그것이 로마를 치기 위한 것이라고 믿거나, 아니면 그렇게 말할지도 모르는 일이라, 안티파스는 변명을 찾고 있었다.

이 무기는 자기 것이 아니다, 대부분이 산적을 방지하는 데 쓰인다, 게다가 아라비아인들에게 맞서기 위해서도 필요하다, 아니면 이 모두가 아버지 헤로데 대왕의 것이었다고 할까? 그래서 안티파스는 총독 뒤에서 걸어가지 않고, 빠른 걸음으로 앞서 걸었다. 조금 후에 그는 몸을 벽에 바짝 붙이고, 양 팔꿈치를 펴서 토가로 벽을 가렸지만, 머리 위로 문 윗부분이 드러났다. 비텔리우스는 그것을 눈여겨보더니, 안에 무엇이 있는지 알고 싶다고 했다.

바빌로니아 사람만이 그것을 열 수 있었다.

"그 바빌론 사람을 부르라!"

모두 그를 기다렸다.

그의 아버지는 동쪽 국경을 지키기 위해, 오백 명의 기병을 이끌고 유프라테스 강 유역에서 와서 헤로데 대왕에게 헌신했던 인물이다. 왕국이 분할된 후에 아들 야킴은 필립보 곁에 머물렀으나, 지금은 안티파스를 섬기고 있었다.

야킴은 어깨에 활을 메고, 손에는 채찍을 들고 나타났다. 색색의 끈이 그의 안짱다리를 칭칭 감고 있었다. 굵은 두 팔이 민소매 웃옷 사이로 뻗어 있었고, 모피 두건은 동글동글하게 말린 곱슬곱슬한 턱수염이 난 얼굴에 그림자를 드리웠다.

처음에 그는 통역의 말을 이해하지 못하겠다는 표정을 지었다. 그러나 비텔리우스가 안티파스에게 눈길을 던지자, 태수는 즉각 명령을 되풀이했다. 태수의 말을 듣고 야킴은 두 손을 문에 갖다 댔다. 문이 벽 안쪽으로 미끄러져 들어갔다.

뜨거운 바람이 어둠 속에서 훅 끼쳐왔다. 통로 하나가 내리막으로 구불구불하게 나 있었다. 일행은 그 길을 따라가서 다른 지하실보다 널찍한 동굴 입구에 다다랐다.

아치형의 출구가 깊숙한 안쪽에, 이쪽 편에서 성채를 방어하는 낭떠러지를 향하여 열려 있었다. 둥근 천장에 달라붙은 인동덩굴이 밝은 빛을 받아 꽃들을 늘어뜨리고 있었다. 지면에서는 가느다란 물줄기가 졸졸거렸다.

백 마리쯤으로 보이는 하얀 말이 그곳에 모여, 주둥이 높이의 널빤지에 있는 보리를 먹고 있었다. 그 말들은 하나같이 갈기에 파란 물을 들였고, 발굽은 촘촘히 엮은 씌우개로 감싸여 있고, 양쪽 귀 사이에 난 털이 앞이마를 수북하게 덮고 있어 가발처럼 보였다. 몹시 긴 꼬리로 제 뒷다리 관절을 나른하게 치는 것이었다. 총독은 감탄에 젖어 말을 잊고 바라보았다.

그것은 뱀처럼 유연하고, 새처럼 가뿐한 발굽의 동물이었다. 기병의 화살과 함께 돌진하고, 적병의 배를 물어 넘어뜨리고, 가로막힌 암석을 가볍게 뛰어넘고, 절벽과 절벽 사이를 건너뛰고, 평원에서 종일 질주를 계속하다가도 말 한 마디에 멈추는 동물이었다. 야킴이 들어오자, 말들은 양치기 모습이 보일 때의 양떼처럼 그에게로 다가와, 목을 쑥 내밀고 어린애 같은 눈으로 불안하게 그를 쳐다보았다. 늘 하듯이, 그가 목구멍 깊숙이에서 목쉰 소리를 내지르자 말들이 쾌활해졌다. 이제는 광야를 갈망하여 내닫고 싶어 안달이 나서 뒷발로 일어서는 것이었다.

안티파스는 비텔리우스가 말을 몰수할까 두려웠기 때문

에, 포위될 경우에 대비하여 말을 위해 일부러 마련한 이 장소에 가두어놓았던 것이다.

"마구간이 형편없군" 하고 총독은 말했다. "말을 잃어버리면 어쩔 테요! 목록을 작성하라, 시센나!"

징세인이 허리춤에서 서판을 꺼내, 말의 수를 세고는 적어 넣었다.

징세조합의 대리인들은 지방장관들에게 뇌물을 주어, 속주에서 횡령하는 것이 보통이었다. 시센나는 족제비 같은 턱을 내밀고 눈을 연신 깜빡거리면서 곳곳을 냄새 맡고 다녔다.

마침내, 일행은 궁정으로 다시 올라왔다.

포석이 깔린 곳 가운데 청동으로 된 둥근 덮개가 여기저기에서 저수조를 덮고 있었다. 시센나는 그중 가장 큰 것에 주목하여, 뒤꿈치로 밟아보았지만 거기에서는 아무런 소리도 나지 않았다. 그는 하나하나 두들겨보더니, 쿵쿵 밟으면서 소리 질렀다.

"있다! 있어! 헤로데의 보물이 여기 있습니다!"

헤로데 대왕의 보물 탐색은 로마인들을 열광시키는 일

이었다.

태수는 맹세코 보물은 없다고 했다.

그렇다면, 그 아래 무엇이 있다는 말인가?

"아무것도 없습니다! 어떤 사내 말고는. 죄수입니다."

"보여주시오!" 하고 비텔리우스가 말했다.

태수는 그 말을 따르지 않았다. 유대인들이 그의 비밀을 알게 될 것이므로. 뚜껑을 열기 싫어하는 태수의 태도에 비텔리우스는 역정이 났다.

"그걸 부수어라!" 그가 호위관들에게 소리쳤다.

마나에이는 무엇이 그들의 마음을 사로잡고 있는지 이미 짐작하고 있었다. 도끼가 보이자, 요카난의 머리가 곧 잘릴 것이라고 생각했다. 그는 원반에 일격을 가한 호위관을 비켜 세우더니, 원반과 포석 사이에 갈고리 같은 것은 끼워 넣어, 길고 여윈 팔에 한껏 힘을 주어 천천히 뚜껑을 들어올렸다. 원반이 열렸다. 모두가 이 늙은이의 힘에 감탄했다. 나무로 안을 댄 뚜껑 아래에는 같은 크기의 뚜껑문이 놓여 있었다. 주먹으로 치자 그것은 두 쪽으로 접혔다. 그러자 구덩이가 보였다. 난간 없는 나선형 계단이 나 있는 거대한 지하 감옥이었다. 뚜껑 문 둘레에 몸을 기대고 내려다보던 사람들의 눈에 그 바닥에 있는 희미하고 끔찍한 것이 보였다.

한 사람이 바닥에 누워 있었다. 그의 긴 머리는 등 아래 깔아놓은 짐승 털과 뒤섞여 있었다. 그 사람이 일어났다. 그의 이마가 가로로 막힌 철책에 닿았다. 이따금씩 그의 모습이 동굴 깊숙한 곳으로 사라지곤 했다.

태양이 관冠 꼭대기, 양날 검의 칼자루 머리를 번쩍이게 했고, 타일을 과도하게 달구었다. 비둘기 떼는 프리즈를 날아올라 궁정 위에서 맴돌았다. 마나에이가, 늘 하듯이, 모이를 던져주는 시각이었다. 그는 비텔리우스 옆에 서 있는 태수 앞에 웅크리고 있었다. 갈릴리 사람들, 사제들, 병사들이 그 뒤로 빙 둘러 있었다. 앞으로 일어날 일에 대한 불안 속에서 모두가 말없이 있었다.

처음에 침묵을 깬 것은 깊은 동굴에서 내지르는 것 같은 커다란 한숨이었다.

헤로디아는 궁전 반대편 끝에서 그 소리를 들었다. 그녀는 어떤 마력에 이끌려 떼 지어 있는 사람들 사이를 헤치고 나아가, 마나에이의 어깨에 한 손을 얹고 몸을 구부리고 귀 기울였다.

그 목소리가 커졌다.

"너희에게 화 있을지니, 바리사이파와 사두가이파 인간들이여,[48] 독사의 자식들이여,[49] 독주毒酒로 부푼 가죽 부대, 요란한 심벌즈여!"[50]

그것이 요카난임을 누구나 알고 있었다. 그의 이름이 입에서 입으로 전해졌다. 다른 사람들도 달려왔다.

"너희에게 화 있을지니! 오 백성이여! 유다의 반역자들, 에브라임[51]의 주정뱅이들, 비옥한 골짜기에 살면서 술기운에 비틀거리는 모리배에게 화 있을지니!

바라건대 그들이 흐르는 물처럼, 기어가면서 녹아 없어지는 민달팽이처럼, 햇빛을 보지 못하는 조산아처럼 소멸하기를!

모압[52]이여, 너는 참새처럼 실삼나무 속에, 날쥐처럼 동굴 속에 몸을 숨겨야 하리라. 성채의 문이란 문은 호두 껍데기보다 더 빨리 격파될 것이요, 성벽은 붕괴될 것이요, 도읍은 모조리 불에 탈지니. 하느님의 징벌은 멈추는 일이 없으리라. 신은 염색 통 안에 든 양털처럼, 너희 사지를 너희 피로 반죽하리라. 새로 벼린 쇠스랑으로 너희 몸을 찢어, 살점을 낱낱이 산마다 뿌리리라!"

어느 정복자를 말하는 것이었을까? 비텔리우스일까? 이 정도의 몰살이라면 로마인들만이 할 수 있거늘. 곳곳에서 탄식이 새어 나왔다. — "자, 이제 그만 하시오!"

그는 더 큰 소리로 계속했다.

"제 어미의 시체 옆에서 어린 자식들은 재 속에서 기어 다니리라. 밤이 오면 사람들은, 칼 맞을 위험을 무릅쓰고 잔해를 뒤지며 빵을 찾으리라. 저녁에 노인들이 담소를 나누던 광장에서는 자칼이 나타나 죽은 자의 뼈를 훔쳐가리라. 너의 순결한 딸들은 눈물을 삼키면서 이방의 잔치에서 키타라[53]를 연주할 것이요, 더할 나위 없이 용맹한 너의 아들들은 너무나 무거운 등짐에 살갗이 벗겨진 등뼈가 내려앉으리라."

백성들은 자기들이 추방된 날들을, 제 나라 역사의 모든 대참사를 돌이켜보았다. 그것은 옛 예언자들의 말이었다. 요카난이 그 사실들을 폭탄처럼 속속 터뜨린 것이다.

그러나 목소리는 부드럽게, 낭랑하고도 노래하는 듯이 울렸다. 그는 해방을, 하늘의 영광을, 용의 소굴에 한쪽 팔을 넣는 신생아를, 점토를 대신하는 황금을, 장미처럼 피어나는 사막을 알리는 것이었다.

"지금 60키카르[54]의 값이 나가는 것이 1오볼[55] 값도 안 되리라. 젖의 샘이 바위에서 솟을 것이요, 백성은 포도주 압착실에서 배불리 마시고 잠들 것이다. 언제 올 것인가, 내가 기다리는 그대는! 그에 앞서, 모든 종족의 백성들이 무릎을 꿇으니, 그대의 지배가 영원하리라, 다윗의 아들[56]이여!"

태수는 뒤로 흠칫 물러났다. 다윗 아들의 존재가 하나의 협박처럼 그에게 모욕을 주었던 것이다.

요카난은 태수의 왕위를 들어 그를 매도했다.

"하느님 이외에 왕은 없다! 태수의 그 많은 정원, 조각상, 상아 가구를 보아도, 불경한 아합[57]과 같도다!"

안티파스는 가슴에 매달린 인새印璽 끈을 쥐어뜯어 구덩이 안으로 던지면서, 요카난에게 닥치라고 명령했다.

목소리가 응답했다.

"나는 곰처럼, 야생 나귀처럼, 출산하는 여자처럼 소리 지를 것이다!

천벌은 이미 너의 근친상간에 있다. 신은 너를 수노새 같은 생식 불능으로 괴롭히는 것이다!"

그러자 웃음소리가, 물결의 찰랑거림과도 같이 곳곳에서 일었다.

비텔리우스는 그 자리를 떠나려 하지 않았다. 통역은 냉정한 어조로, 요카난이 쏟아낸 욕설을 로마인들의 언어로 낱낱이 반복했다. 태수와 헤로디아는 어쩔 수 없이 두 번이나 그것을 견뎌내야 했다. 태수는 숨이 가빠졌고, 그 사이 헤로디아는 구덩이 바닥을 바라보면서 경악했다.

무시무시한 그 사람은 고개를 젖혀, 철책을 움켜잡고 그곳에 얼굴을 갖다 댔다. 그것은 두 개의 숯불이 이글거리는 가시덤불 같았다.

"아! 너로구나, 이세벨[58]!

너는 신발 끌리는 소리로 그놈의 마음을 낚아챘다. 너는 암말이 우는 소리를 냈다. 너는 산 위에 침실을 마련하여 너의 제물을 바쳤다!

주님이 너의 늘어뜨린 귀고리를, 자줏빛 드레스를, 마포 베일을, 네 팔에 감긴 팔찌를, 손가락의 반지를, 네 이마 위에서 흔들리는 작은 초승달 모양 장식을, 은거울을, 타조 깃털 부채를, 너의 키를 높여주는 진주모빛 구두를, 너의 자랑인 다이아몬드를, 머리채의 냄새를, 손톱의 칠을, 네가 부리는 미태의 모든 기교를 빼앗을 것이다. 그리하여 간부를 돌로 쳐 죽일 돌멩이가 부족하리라!"

헤로디아는 두둔해줄 사람을 찾아 주위를 둘러보았다. 바리사이파는 위선자들처럼 눈을 내리깔고 있었다. 사두가이파는 총독의 기분을 거스를까 걱정되어 고개를 돌렸다. 안티파스는 죽을 지경이었다.

목소리가 커지고, 널리 퍼지고, 천둥이 치듯이 울려, 산의 메아리가 그것을 반복하니, 수도 없이 증가된 굉음이 마케루스 성을 뇌동시켰다.

"먼지 속에 드러누워라, 바빌론의 계집[59]이여! 가루가 되도록 빻아라, 허리띠를 풀고, 신발을 벗고, 치맛자락을 걷어 올리고, 강을 건너라! 너의 수치가 폭로되고, 너의 타락이 알려지리라! 오열로 네 이빨은 부러지리라! 하느님은 네 죄악의 악취를 증오하신다! 저주 받아라! 저주 받아라! 암캐처럼 뒈져라!"

뚜껑 문이 닫히고, 덮개가 내려졌다. 마나에이는 요카난을 목 졸라 죽이고 싶었다.

헤로디아는 가버렸다. 바리사이파는 분격했다. 안티파스는 바리사이파에 둘러싸여 해명하려고 애썼다.

"분명히" 하고 엘레아자르가 끼어들었다. "형제의 아내와 결혼해야 하오. 그러나 헤로디아는 과부가 아니었고, 게다가 아이도 있었으니, 그게 바로 가증스러운 일이오."

"아니, 그렇지 않소!" 하고 사두가이파 요나타스가 반박했다. "율법[60]에서는 이러한 결혼을 죄악시하기는 하지만, 그것을 무턱대고 금지하는 것은 아니오."

"아무러면 어떤가! 모두가 나에게만 그리도 부당하거늘!" 하고 안티파스가 말했다. "압살롬은 아버지의 아내들과, 유다는 며느리와, 암몬은 누이와, 롯은 딸들과 동침했으니 말이오."[61]

그때까지 잠을 자고 있던 아울루스가 그 순간 다시 나타났다. 저간의 사정을 알고 나서 그는 태수의 편을 들었다.

그 정도의 어리석은 일로 골머리를 썩여서는 안 된다고 하면서, 사제들의 비난과 요카난의 분노를 몹시 비웃었다.

헤로디아가 현관 앞 층계참에서 아울루스를 돌아보았다.

"그렇지 않습니다, 전하! 그자는 백성들에게 조세를 거부하라고 명령합니다."

"그게 사실이요?" 하고 징세인이 즉시 물어봤다.

대체로 그렇다고 대답했다. 태수가 그것을 강조했다.

비텔리우스는 죄수가 도망갈지도 모른다고 생각했다. 안티파스의 태도가 미심쩍어 보이기도 하여, 곳곳의 성문과 성벽 일대, 궁정에도 보초를 세웠다.

잠시 후 비텔리우스는 자신의 처소 쪽으로 갔다. 사제단 대표들이 그를 따라왔다.

제사장직 문제는 언급하지 않고 저마다 고충을 호소했다. 모두가 그의 곁을 떠나려 하지 않았다. 총독은 그들을 내보냈다.

요나타스가 총독의 처소를 나와 보니, 성벽 감시구 한쪽에서 안티파스가 긴 머리에 흰색 법의를 입은 어떤 에세네파 사람과 이야기하고 있는 것이 눈에 띄었다. 요나타스는 태수를 변호한 것을 후회했다.

한 가지 생각이 태수의 근심을 덜어주었다. 요카난은 이제 자신의 소관이 아니었다. 로마인들이 그 짐을 떠맡게 된 것이다. 얼마나 다행인가! 파누엘이 그때 순찰 통로를 거닐고 있었다.

태수가 그를 불러들여, 로마 병사들을 가리켰다.

"저들이 최강 병력이오! 내가 그자를 석방할 수는 없어! 이게 내 잘못은 아니지!"

궁정은 텅 비어 있었다. 노예들도 휴식 중이었다. 지평선을 타오르게 하는 하늘의 붉은색을 배경으로, 지상에 서 있는 것은 아무리 작은 물체조차 뚜렷하게 검은색으로 떠올랐다. 안티파스는 사해의 맞은편 염전을 분별할 수 있었지만, 이제 아라비아인들의 천막은 볼 수 없었다. 그들이 떠난 것일까? 달이 떠오르고 있었다. 어떤 안도감이 그의 마음속에 깃들었다.

파누엘은 괴로움에 짓눌려, 턱을 가슴에 묻은 채 있었다. 마침내 그는 해야 할 말을 털어놓았다.

그달 초부터 파누엘은 새벽이 오기 전에 천정점에 있는 페르세우스 별자리를 관측하면서 하늘을 연구했다. 아갈라 별은 보일락 말락 했으며, 알골 별은 반짝임이 약해져 가고 있었고, 미라-케티 별[62]은 모습을 감추었다. 그것은, 바로 오늘밤, 마케루스에서 중요한 한 인물이 죽는다는 점괘였다.

누굴까? 비텔리우스는 너무나 엄중한 경호를 받고 있었다. 누구도 요카난을 처형하지는 못하리라. "그렇다면 나다!" 하고 태수는 생각했다.

혹시 아라비아인들이 다시 오려는 것일까? 총독이 파르티아와의 친목을 눈치챌지도 모른다! 예루살렘의 자객들은 사제들을 호위하고 있었다. 그들은 옷 속에 단검을 지니고 있었다. 태수는 파누엘의 점성술을 의심하지 않았다.

문득 헤로디아에게 도움을 청할 생각이 들었다. 하지만 그녀를 증오하고 있었다. 그래도 헤로디아는 그에게 용기를 줄지 모른다. 예전에 그녀에게서 느꼈던 매혹이 남김없이 사그라지지는 않았던 것이다.

태수가 그녀의 방에 들어가니, 반암 향로에서 계피 연기가 피어오르고 있었고, 가루분, 향유, 구름같이 너풀거리는 직물, 깃털보다 가벼운 자수 옷들이 흩어져 있었다.

그는 파누엘의 예언도, 유대인과 아라비아인에 대한 자신의 두려움도 말하지 않았다. 헤로디아가 알면 겁쟁이라고 비난할 것이 틀림없었다. 로마인들 얘기만 했다. 비텔리우스는 군사 계획에 대해서 그에게 아무것도 털어놓은 게 없었다. 그는 비텔리우스를 아그리파와 자주 만나는 카이우스 편이라고 생각했다. 그래서 자기는 추방되거나, 어쩌면 살해되지도 모르는 일이었다.

헤로디아는 거드름 피우는 아량을 보이면서 그의 마음을 다독이려고 애썼다. 잠시 후, 그녀는 작은 함에서 티베리우스의 옆얼굴이 새겨진 기묘한 메달 하나를 꺼냈다. 이것이면 호위관들의 기를 죽이고 온갖 비방을 누그러뜨리기에 충분했다.

안티파스는 그 고마움에 감격하여, 어떻게 그것을 갖게 되었는지 물었다.

"어쩌다 갖게 되었어요" 하고 그녀가 대답했다.

맞은편 장막 아래로, 맨팔 하나가 휙 나타났다. 폴리클

레토스[63]가 상아로 다듬어낸 듯한, 젊고 매력적인 팔이었다. 머뭇머뭇 하면서도 우아하게, 허공에서 까닥이는 그 팔은, 벽에 붙어 있는 작은 나무의자에 놓고 잊고 있던 웃옷을 집으려 하고 있었다.

늙은 여자가 장막을 걷으면서 그 옷을 가만히 건네주었다.

태수의 기억에 그 얼굴이 문득 떠올랐지만, 또렷하게 생각나지는 않았다.

"저건 당신 노예인가?"

"뭐 당신에게 대수로운 일인가요?" 하고 헤로디아는 대답했다.

III

하객들이 향연장을 가득 메우고 있었다.

그곳에는 로마의 바실리카처럼 세 개의 신랑身廊이 있고, 청동 조각으로 기둥머리가 장식된 백단나무 원주들로 구분지어져 있었다. 홀의 양쪽 상부에는 격자 난간을 두른 발코니가 하나씩 갖춰져 있었고, 금박으로 장식된 세 번째 발코니는 안쪽 깊숙한 곳에, 입구의 거대한 궁륭을 마주보면서 불룩 튀어나와 있었다.

촛대는 실내에 열 지어 놓인 탁자 위에서 타오르면서, 채색 점토 술잔이며 구리 쟁반, 사각 빙과, 쌓아 올린 포도 사이에서 불꽃 떨기[64]를 만들어내고 있었다. 그러나 이 붉은 빛은 천장의 높이 때문에 차츰 엷어졌고, 점점이 빛을 발하는 불빛은 밤에 나뭇가지 사이로 비치는 별처럼 반짝였다. 널찍하게 트인 환기창 너머로 집집마다 테라스에 밝혀 놓은 횃불이 보였다. 안티파스가 친구들과 백성, 그리고 그곳을 찾아온 모든 손님들을 위한 축하연을 열었기 때문이다.

개처럼 민첩한 노예들은 짐승 털로 엮은 샌들로 발가락을 싸매고, 음식이 담긴 쟁반을 운반하느라 분주했다.

총독의 식탁은 금박 장식 발코니 아래, 무화과나무 재목의 단상에 마련되었다. 바빌론 양탄자가 천막처럼 식탁을 에워싸고 있었다.

상아로 만든 세 개의 침상을, 하나는 정면에서, 두 개는 양옆에서, 비텔리우스와 그의 아들, 안티파스가 차지하고 있었다. 총독은 출입문에 가까운 왼쪽에, 아울루스는 오른쪽에, 태수는 가운데 자리했다.

태수는 자수 무늬에 가려 직조가 보이지 않는 두터운 검은 망토 차림에, 뺨에 연지를 바르고 수염은 부채 모양으로 다듬은 데다, 보석으로 치장한 관을 쓴 머리에는 푸른색 분을 뿌렸다. 비텔리우스는 자줏빛 휘장을 여전히 두르고 있었는데, 아마포 토가 위에 대각선으로 늘어뜨린 모습이었다. 아울루스는 은실로 수놓은 보라색 비단 겉옷 소매를 등 뒤로 묶어놓았다. 둥글둥글하게 말린 머리칼이 층을 이루고 있었고, 여자처럼 살찐 하얀 가슴팍에서 사파이어 목걸이가 반짝였다. 그의 옆에는, 돗자리 위에 다리를 꼬고 앉아 줄곧 미소 짓는 미소년이 있었다. 아울루스는 주방에서 아이를 보고는 잠시도 곁에 두지 않을 수 없게 되었는데, 아이의 칼데아[65] 이름을 외우기 힘들어 그저 "아시아 꼬마"라고만 불렀다. 아이는 이따금씩 트리클리니움[66]에 누웠다. 그때마다 그의 맨발이 사람들의 머리 위로 드러났다.

같은 쪽에 사제들과 안티파스의 신하들, 예루살렘 거주자들, 그리스 각 도시의 요인들이 있었고, 총독 아래쪽에는 징세인들을 거느린 마르켈루스, 태수의 친구들, 카나와 프톨레마이드[67]와 예리코의 인사들이 착석했고, 이어서, 레바논 산악 지대 사람들, 헤로데 대왕의 노병들인 열두 명의 트라키아[68]인, 갈리아인 한 명, 게르만인 두 명과, 영양羚羊 사냥꾼들, 에돔의 목자들, 팔미라[69]의 술탄, 에시온가벨[70]의 선원들이 마구 뒤섞여 있었다. 각자의 앞에는 손가락을 닦기 위해 마련된 부드러운 밀전병이 놓여 있었다. 누구나 독수리가 목을 빼듯이 팔을 뻗어 올리브며 피스타치오, 아몬드를 집었다. 어느 얼굴이나 화관을 쓰고 즐거워했다.

바리사이파 사람들은 이 화관을 로마의 무례한 풍속이라 하여 꺼렸다. 신전에서만 사용되어야 할 조제법인 갈바늄 향료와 훈향이 화관에 뿌려졌을 때, 그들은 몸을 떨었다.

아울루스가 그 향료를 겨드랑이에 비벼대자, 안티파스

는 클레오파트라가 팔레스타인에 눈독 들게 만들었다는 그 진짜 향료 세 광주리와 함께 그것을 한 짐 보내주겠다고 그에게 약속했다.

티베리아스의 수비대장이 조금 전에 출두하여, 뭔가 특별한 사건을 보고하려고 태수 뒤에 자리를 잡았다. 그러나 태수의 관심은 총독과 옆자리에서 오가는 이야기에 쏠려 있었다.

요카난과 그러한 부류의 사람들에 관한 것이 화제가 되어 있었다. 지토이의 시몬[71]은 불로써 죄악을 씻어냈다고 했다. 예수인가 하는 사람은…[72]

"그자가 죄악이오!" 하고 엘레아자르가 소리쳤다. "참으로 비열한 야바위꾼이오!"

태수 뒤에서 한 남자가 일어섰다. 그의 안색은 입고 있는 클라미드[73] 가두리 장식처럼 창백했다. 그가 단상을 내려와 바리사이파를 힐난했다.

"거짓말이오! 예수는 기적을 일으키는 분입니다!"

안티파스는 그것을 보고 싶어했다.[74]

"그 사람을 데려오는 게 좋겠다! 어떤 사람인지 말해

달라!"

그러자 야곱이라는 이 사람은 집에 아픈 딸이 있어, 주님에게 딸의 병을 낫게 해달라고 간청하러 가버나움으로 왔던 일을 이야기했다. 주님이 대답했다. "너의 집으로 돌아가거라. 딸의 병이 나았도다!"[75] 그리하여 야곱은 집 문간에 딸이 서 있는 것을 보게 되었다. 궁전의 해시계가 세 시를 가리킬 때 딸은 침대에서 일어났던 것이다. 야곱이 예수에게 다가갔던 바로 그 시각이었다.

아무래도, 하면서 바리사이파 사람들이 반박했다. 특별한 처방이나 영험 있는 약초라도 있는 모양이지! 바로 이 마케루스에서도 불사신의 약초 바아라스[76]가 어쩌다 발견되는 일이 있었지만, 본 것도 만진 것도 아닌데 병을 낫게 한다는 건 예수가 악마를 이용하지 않는 한 불가능한 일이 아닌가.

이것을 듣고 있던 안티파스의 친구들, 갈릴리의 요인들이 고개를 끄덕이면서 맞장구쳤다.

"악마들을 써먹은 게지, 필경."

야곱은 이들의 식탁과 사제들의 식탁 사이에 서서, 고매

하고 온화한 모습으로 잠자코 있었다.

그들이 야곱에게 말하라고 재촉했다.

"예수의 힘을 증명해보시오!"

그는 어깨를 숙이고, 자신의 말을 두려워하기나 하는 듯이 목소리를 낮추어 천천히 말했다.

"여러분은 그러니까 그분이 메시아[77]라는 걸 모른다는 말씀이오?"

사제들이 모두 서로의 얼굴을 쳐다보았고, 비텔리우스는 메시아라는 말의 뜻을 물어보았다. 통역이 잠시 머뭇거리다 말해주었다.

온갖 재보의 소유와 모든 백성의 통치를 그들에게 가져다줄 구세주를 그들은 그렇게 불렀다. 어떤 이들은 두 명의 구세주에게 의지해야 한다고 주장했다. 먼저 오는 구세주는 북방의 악마 곡과 마곡[78]에게 패할 것이지만, 다음에 오는 구세주는 마왕을 쳐부수리라는 것이다. 그리하여, 수세기 전부터 그들은 이제나저제나 하고 그 존재를 기다려왔다.

사제들이 협의한 끝에 엘레아자르가 입을 열었다.

우선 메시아는 목수의 자식이 아니라 다윗의 아들이 될 것이며, 그가 신의 율법을 확고히 할 것이다. 그 나사렛 사람은 율법을 공격한 데다, 더 강력한 논거를 대자면, 엘리아가 먼저 왔어야 하지 않는가.

야곱이 응수했다.

"물론 그가 이미 왔습니다, 엘리아가!"

"엘리아! 엘리아!" 하고 군중은 실내의 구석구석에 이르기까지 복창했다.

모든 이들이 상상 속에서, 날아가는 까마귀 떼 아래에 있는 노인[79]의 모습을, 제단에 불을 붙이는 번개[80]를, 급류에 내던져진 우상숭배 신관들[81]의 모습을 보고 있었다. 발코니에 앉아 있는 여자들은 사르밧의 과부[82]를 생각하고 있었다.

야곱은 자기가 엘리아를 알고 있다고 지치도록 반복해 말했다. 제가 그분을 봤습니다! 백성들도 봤고요!

"그의 이름은?"

그때 야곱은 온 힘을 다해 소리쳤다.

"요카난입니다!"

안티파스는 가슴을 찔린 것처럼 몸을 젖혔다. 사두가이파 사람들이 야곱에게 달려들었다. 엘레아자르는 자기의 말을 듣게 하려고 거드름 피우며 말했다.

다시 조용해지자, 그는 망토를 걸치고, 판관처럼 질문을 시작했다.

"그 예언자가 사망했으니…"[83]

웅성거리는 소리가 그의 말을 가로막았다. 사람들은 엘리아가 자취를 감추었을 뿐이라고 믿고 있었던 것이다.

그는 청중에게 버럭 화를 내고나서, 심문을 계속했다.

"그대는 엘리아가 소생했다고 믿는가?"

"물론입니다!" 하고 야곱이 말했다.

사두가이파 사람들은 어깨를 으쓱했다. 요나타스는 작은 눈을 동그랗게 뜨면서 광대처럼 웃어 보였다. 육체가 영생하기를 바라는 것보다 어리석은 일은 없다고 하면서, 그는 총독을 위해 당대 시인의 시구를 읊었다.

죽어 한 번 가면, 육신은 보존되지 못하나니.[84]

그런데 아울루스가 사색이 된 얼굴로 이마에 땀을 흘리면서 두 주먹으로 배를 움켜쥐고, 트리클리니움 끝에 엎드려 있었다.

사두가이파 사람들은 몹시 걱정하는 시늉을 했다. — 그 이튿날 제사장직이 그들에게 돌아올 터였다. — 안티파스는 어쩔 줄 몰라했지만, 비텔리우스는 태연했다. 그러나 그의 불안감은 극에 달했다. 아들이 죽으면 그의 재산이 날아가버릴 것이니까.

아울루스는 끊임없이 토하면서도, 계속 먹으려 들었다.

"무엇을 줘도 난 먹을 수 있어, 대리석 가루든, 낙소스[85]의 편암이든, 바닷물이든, 뭐든지! 목욕이나 할까?"

그는 빙과를 와작와작 깨물어 먹고는, 코마겐산 테린에 담긴 파테[86]를 먹을까 붉은 티티새 요리를 먹을까 망설이다, 꿀에 잰 호박을 먹기로 했다. 아시아 꼬마는, 이렇게 많이 먹는 것은 비범한 인물에다 우월한 혈통임을 말해주는 것이라고 생각하면서 그를 바라보았다.

황소 콩팥 요리, 들쥐 요리, 나이팅게일 요리, 포도나무 잎사귀에 담긴 다진 고기가 나왔다. 사제들은 부활 얘기를 하느라 여념이 없었다. 플라톤 학파 필론[87]의 제자 암모니우스는 사제들이 어리석다고 여겨, 신탁을 비웃는 그리스인들에게 그 말을 해주었다. 마르켈루스와 야곱은 서로 마음이 통했다. 마르켈루스는 미트라 신[88]의 세례를 받을 때 느꼈던 행복감을 이야기했고, 야곱은 그에게 예수를 따를 것을 권했다. 종려 술[89], 타마리스[90] 술, 사페트와 비블로스 술[91]이 항아리에서 술병으로, 술병에서 술잔으로, 술잔에서 목구멍으로 흘러 들어갔다. 모두들 떠들어댔고, 심중을 털어놓았다. 야킴은 유대인인데도 점성술에 대한 신앙을 숨기기 않았다. 아파카[92]의 한 상인은 히에라폴리스[93] 신전의 경이로운 일들을 상세하게 늘어놓아, 유목민들을 깜짝 놀라게 했다. 그러자 유목민들은 그에게 순례 비용이 얼마나 들었는지 물었다. 태어난 고장의 종교를 고수하는 자들도 있었다. 눈이 거의 보이지 않는 게르마니아 사람은, 신들이 빛을 발하며 모습을 드러낸다는 저 스칸디나비아의 곶을 찬양하는 노래를 불렀다. 시켐 사람들은 비둘기 아지마[94] 숭배 때문에 멧비둘기를 먹지 않았다.

여러 사람이 홀 중앙에 서서 이야기하고 있었다. 사람들의 입김이 촛대에서 나는 연기에 섞여 실내는 안개가 낀 것처럼 자욱했다. 파누엘이 벽을 따라 지나갔다. 그는 그때까지 하늘의 별을 연구하다 왔는데, 옷에 기름이 묻을까 봐 태수가 있는 곳까지는 가지 않았다. 에세네파 사람들에게 기름얼룩은 몹시 불결한 것이기 때문이다.

성문을 두드리는 소리가 울렸다.

누구나 이제는 요카난이 성 안에 감금되어 있는 것을 알고 있었다. 횃불을 든 사람들이 좁은 길을 힘겹게 올라오고 있었다. 검은 덩어리가 협곡에서 꿈틀거리더니, 그 사람들은 이따금 울부짖듯이 — "요카난! 요카난!" 하고 부르는 것이었다.

"그자 때문에 엉망이 되는군!" 하고 요나타스가 말했다.

"그대로 놔두면 우리는 무일푼이 될 거라고!" 하고 바리사이파가 말을 보탰다.

여기저기서 항의가 터져 나왔다.

"우리를 보호하시오!"

"그자를 처리해야지!"

"종교를 저버리다니!"

"헤로데 집안사람들처럼 신심이 없어!"

"당신들보다는 낫지!" 하고 안티파스가 반박했다. "당신들의 신전을 세운 건 바로 나의 부친이오!"

그러자 바리사이파, 추방자의 자식들, 마타티아스 당원들[95]이 헤로데 가문에서 저질러진 죄에 관하여 태수에게 따졌다.

그들의 생김새는 두개골이 뾰족하고, 수염은 곤두서 있고, 손은 허약하고 보잘것없으며, 얼굴을 보자면, 납작코에 퉁방울눈에 불도그 같은 표정이었다. 번제를 치르고 난 음식을 먹고 사는 사제들의 서기와 종복 여남은 명이 단상 아래까지 뛰어들어, 단도로 안티파스를 위협했다. 안티파스가 그들에게 장광설을 늘어놓고 있는 동안 사두가이파 사람들은 열의 없이 태수를 비호할 뿐이었다. 안티파스가 마나에이를 흘끗 보자, 비텔리우스가 이것은 마나에이가 관여할 일이 아니라는 몸짓을 해보였기 때문에, 그에게 나가라는 신호를 보냈다.

트리쿨리니움에 머물러 있던 바리사이파 사람들은 지독한 격노에 휩싸였다. 그들은 앞에 놓인 접시들을 산산조각

냈다. 메세나[96]가 좋아하는 음식이라는, 부정한 육류, 야생 당나귀 스튜가 나왔던 것이다.

아울루스는 그들이 숭상하는 당나귀 머리를 문제 삼아 조롱하고,[97] 돼지를 혐오하는 풍습에 대해서도 이런저런 풍자를 해댔다. 그것은 분명히 이 살찐 짐승이 유대인들의 주신 바쿠스를 잡아먹었기 때문이고, 그들이 포도주를 너무 좋아하는 것도 예루살렘의 신전에서 황금 포도나무를 찾아냈기 때문이라는 식이었다.

사제들은 아울루스의 말을 이해하지 못했다. 갈릴리 태생인 피네는 이 말의 통역을 거부했다. 그래서 아울루스의 부아가 폭발했는데, 아시아 꼬마가 두려운 나머지 도망가 버려서 더욱 화가 났다. 요리가 시원찮고 모양새도 형편없어, 식사가 마음에 들지 않았다! 그는 지방 덩어리인 시리아산 양洋의 꼬리를 보고는 마음이 누그러졌다.

유대인들의 성격이 비텔리우스에게는 망측해 보였다. 그들이 섬기는 신은 몰로크[98]일지 모른다. 오는 길에 곳곳에서 그 제단과 마주쳤던 것이다. 어린아이 제물 이야기, 그들이 신묘하게 살찌우는 인간 이야기가 머리에 떠올랐다. 라틴 사람인 그의 심정으로는 유대인의 편견과 광적인 우상 파괴, 짐승 같은 완고함에 대한 혐오감을 누를 수 없었다. 총독은 그곳을 벗어나고 싶었다. 아울루스가 그것을 거부했다.

웃옷을 허리까지 내리고, 아울루스는 너무 많이 먹어 더 먹을 수 없었는데도 도무지 그곳을 떠나려 하지 않고, 산더미처럼 쌓여 있는 음식 뒤에 누워 있었다.

사람들의 열광이 고조되었다. 그들은 이런저런 독립 계획에 열심이었다. 이스라엘의 영광을 떠올리기도 했다. 정복자들은 모두 벌 받지 않았던가, 안티고누스도, 크라수스도, 바루스도…[99]

"하찮은 인간들 같으니!" 하고 총독이 말했다. 그가 시리아 말을 알아들었기 때문이다. 통역은 총독이 대답할 틈을 주기만 하면 되었다.

안티파스는 재빨리 황제의 메달을 꺼내 부들부들 떨면서 총독의 눈치를 살피다가, 황제의 얼굴이 있는 면을 보여주었다.

갑자기 금색 발코니 측판이 열리더니, 대형 촛대의 찬란

한 빛을 받으며 노예들과 아네모네 꽃줄 장식에 둘러싸여 헤로디아가 나타났다. — 턱 끈으로 이마에 고정시킨 아시리아풍 관을 쓰고 있었다. 나선형으로 말린 머리채가 소매에 긴 트임이 있는 진홍색 웃옷 위로 퍼져 있었다. 아트레우스의 보고[100]를 닮은 두 개의 괴물 석상이 문에 기대어서 있어서, 헤로디아는 사자들에게 기대어 있는 키벨레 여신[101]처럼 보였다. 안티파스를 내려다보는 난간 위에서, 손에 커다란 잔을 들고 그녀가 소리쳤다.

"황제 폐하 만수무강하소서!"

이 축언을 비텔리우스, 안티파스, 그리고 사제들이 복창했다.

그런데 그때, 홀 안쪽에서 놀라움과 감탄의 웅성거림이 들려왔다. 한 처녀가 들어왔던 것이다.

가슴과 머리를 가린 푸르스름한 베일 아래로, 반달형 눈썹과 옥수玉髓 귀고리, 하얀 피부가 비쳐 보였다. 비둘기 목빛의 비단 사각 숄이 어깨를 감싸고, 금은세공 장식 띠로 허리 부근에 고정되어 있었다. 까만 타이츠에는 만드라고라 꽃[102]들이 수놓아져 있었고, 무심한 듯 그녀는 벌새 깃털로 장식된 조그만 실내화를 탁탁 부딪는 소리를 냈다.

단상 위로 올라가서 그녀는 베일을 걷었다. 그것은 예전 젊은 시절의 헤로디아의 모습 그대로였다. 이윽고 그녀가 춤을 추기 시작했다.

그녀의 두 발이 플루트와 크로탈[103]의 리듬을 타면서 한 발짝씩 내디뎌졌다. 부드럽게 구부린 두 팔은 마냥 달아나기만 하는 누군가를 부르는 것이었다. 그녀는 나비보다도 가볍게, 호기심 많은 프시케처럼,[104] 떠도는 넋처럼 그를 뒤쫓아, 막 날아오를 것처럼 보였다.

진그라[105]의 음산한 소리가 크로탈을 대신했다. 짓눌리는 듯한 고통이 희망에 뒤이어 왔다, 그녀의 자태는 탄식을, 그리고 어떤 신을 애도하는지 그 애무를 받으며 죽어가는지 알 수 없는 번민 같은 것을 온몸으로 표현하고 있었다. 눈꺼풀을 반쯤 닫은 채 그녀는 몸을 비틀고, 넘실대는 파도처럼 배를 규칙적으로 움직이고, 양쪽 젖가슴을 흔들어대면서도, 얼굴은 미동도 없었으며 발은 쉴 새 없이 움직이는 것이었다.

비텔리우스는 그녀를 무언극 배우 므네스테르[106]에 비유

했다. 아울루스는 또 토하기 시작했다. 태수는 어떤 꿈 속에 빠져 헤로디아를 잊고 있었다. 사두가이파 사람들 옆에 있는 헤로디아를 본 것 같았다. 환영이 멀리 달아나버렸다.

그것은 환영이 아니었다. 헤로디아가 마케루스로부터 멀리 떨어진 곳에서 딸 살로메를 교육시켜 두었던 것은 태수가 딸을 사랑하게 될지도 모른다는 생각에서였다. 그 착상은 훌륭했다. 바로 지금 헤로디아는 그것을 확신하고 있었다!

이제 춤은 충족되기를 바라는 사랑의 격정이 되었다. 그녀는 인도의 무녀들처럼, 폭포 아래의 누비아[107] 여인들처럼, 리디아[108] 주신酒神에게 제를 올리는 여인들처럼 춤을 추었다. 그녀의 몸은 폭풍우에 휘둘리는 꽃처럼 전후좌우로 젖혀지는 것이었다. 광채를 발하는 귀고리가 요동치고, 등을 감싼 비단포가 영롱하게 반짝였다. 그녀의 팔에서, 발에서, 옷에서 남자들을 끓어오르게 하는 보이지 않는 불꽃이 솟구쳐 나왔다. 하프 음이 퉁겨졌다. 관중은 갈채로써 거기에 답했다. 무릎을 구부리지 않고 두 다리를 벌려 그녀는 턱이 바닥에 닿을 듯이 몸을 휘었다. 그러자 금욕이 일상인 유목민들도, 난봉에 이골이 난 로마의 병사들도, 인색한 징세인들도, 언쟁으로 신경이 날카로워진 노사제들도, 너나없이 코를 벌름거리며 욕정으로 가슴이 뛰었다.

이어서 그녀는, 마녀들의 굴대[109]처럼 안티파스의 식탁을 미친 듯이 돌며 춤추었다. 태수는 음욕에 목이 메어 툭툭 끊기는 목소리로 말했다. "이리 오려무나! 이리로!" 그녀는 계속 돌았다. 팀파논 소리가 울려 퍼지고, 관중이 왁자하게 환호했다. 그러나 태수는 더욱 큰 소리로 외쳤다. "이리로! 이리 오려무나! 가버나움을 네가 가져라! 티베리아스의 평원도! 내 소유의 성채들도! 내 왕국의 절반도 네가 다 가져라!"

그녀는 두 손을 바닥에 짚고 물구나무서서, 발꿈치를 공중에 들어 올리고는 커다란 딱정벌레처럼 그렇게 한 바퀴 돌더니, 갑자기 멈췄다.

그녀의 목덜미와 등뼈가 직각을 이루었다. 다리를 감싼 색 타이츠가 무지개처럼 어깨를 지나면서, 바닥에서 오십

루앙대성당 북문 합각머리 삼각면 부조

"쟁반에 담아 나한테 주세요, 머리…"
그녀는 그 이름을 잊어버렸지만, 미소 지으며 다시 말했다. "요카난의 머리요!"

센티미터가량 떠 있는 얼굴과 나란히 되었다. 입술이 칠해져 있었고, 눈썹은 너무나 검었고, 두 눈은 무서울 정도였으며, 이마의 땀방울은 흰 대리석에 서린 수증기 같았다.

그녀는 말이 없었다. 두 사람은 서로 쳐다보았다.

손가락 튕기는 소리가 발코니에서 났다. 그녀는 그곳에 올라갔다 다시 모습을 나타내더니, 응석 부리는 목소리로, 어린애 같은 표정을 지으며 이렇게 말했다.

"쟁반에 담아 나한테 주세요, 머리…" 그녀는 그 이름을 잊어버렸지만, 미소 지으며 다시 말했다. "요카난의 머리요!"

태수는 너무나 놀라 털썩 주저앉았다.

그는 자신의 언약 때문에 어찌해야 좋을지 몰랐다. 사람들은 기다리고 있었다. 하지만 예언으로 들었던 죽음이 다른 사람에게 적용된다면 혹시라도 자기의 죽음은 면할 수 있을까? 만약 요카난이 정말 엘리아라면 죽음을 피할 수 있을지 모른다. 엘리아가 아니라면 그를 죽이는 일은 아무 문제도 되지 않았다.

마나에이가 곁에 있어, 태수의 의중을 알아챘다.

비텔리우스는 마나에이를 불러, 지하 감옥을 지키고 있는 초병들의 암호를 가르쳐주었다.

그것은 마음이 놓이는 일이었다. 잠시 후면 모든 것이 끝나리라!

그런데 마나에이가 선뜻 일 처리를 하려 들지 않았다.

마나에이는 돌아왔지만, 몹시 곤혹스러운 모습이었다.

사십 년 전부터 그는 처형인 역할을 도맡아 해왔다. 아리스토불로스를 익사시킨 것도, 알렉산드로스를 목 졸라 죽인 것도, 마타티아스를 산 채로 불태운 것도, 조지마와 파푸스와 요셉과 안티파테르의 목을 친 것도 바로 그였다.[110] 그런데 감히 요카난을 죽일 수는 없었다! 이빨이 덜거덕거리고 온몸이 후들후들 떨렸다.

그는 지하 감옥 앞에서, 사마리아인들의 대천사가 온몸이 수없이 많은 눈으로 뒤덮여, 불꽃처럼 붉고 끝이 깔쭉깔쭉한 거대한 양날 검을 휘두르는 것을 보았던 것이다. 증인으로 따라간 두 명의 병사도 그렇게 말했다.

그 병사들은 사실, 자기들에게 달려들었다가 그 자리에서 살해된 유대인 장수 말고는 아무것도 보지 못했다.

헤로디아의 분노는 상스럽고 지독한 욕설의 격류가 되어 쏟아져 나왔다. 그녀는 발코니 난간에 손톱이 깨졌고, 두 마리의 사자 석상은 그녀의 어깨를 물어뜯으면서 그녀처럼 노호하는 것처럼 보였다.

안티파스도 그녀를 따라했고, 사제들도, 병사들도, 바리사이파도 하나같이 복수를 요구하는가 하면, 그 밖의 무리는 연회의 환락이 늦춰지는 것에 화를 냈다.

마나에이가 얼굴을 가리면서 나갔다.

하객들에게는 첫 번째보다 기다리는 시간이 더 길게 느껴졌다. 사람들이 지루해했다.

갑자기 발소리가 복도에서 들려왔다. 견딜 수 없는 불안감이 감돌았다.

머리가 들어왔다. ― 마나에이는 갈채에 뿌듯해하면서, 한 손으로 그 머리채를 쥐고 있었다.

그는 쟁반에 머리를 담아, 그것을 살로메에게 주었다.

그녀는 천천히 발코니로 올라갔다. 몇 분 후, 아침에 태수가 어떤 집의 발코니에서, 또 그 후에는 헤로디아의 방에서 보았던 그 늙은 여자가 머리를 다시 가져왔다.

태수는 보지 않으려고 뒤로 물러섰다. 비텔리우스는 무관심한 눈길을 보냈다.

마나에이가 단상에서 내려와, 로마의 장수들에게 보여주고 나서, 그쪽에서 식사하고 있는 사람들 모두에게도 보여주었다.

그들은 그것을 찬찬히 살펴보았다.

검의 예리한 날이 위에서 아래로 미끄러지면서 턱에도 칼자국을 냈다.

경련으로 입 언저리가 당겨져 있었다. 벌써 엉긴 피가 턱수염에 더덕더덕 붙어 있었다. 닫힌 눈꺼풀은 조개껍질처럼 창백했고, 주위의 촛대에서 불빛이 비쳐들었다.

머리는 사제들의 식탁으로 돌아왔다. 어떤 바리사이파 사람은 신기한 듯이 그것을 뒤집어보았다. 마나에이가 다시 똑바로 세워 아울루스 앞에 놓자, 아울루스는 비로소 잠에서 깨어났다. 두 사람의 벌어진 속눈썹 사이로, 죽은 눈동자와 흐릿한 눈동자가 뭔가를 서로 이야기하고 있기나 하는 것처럼 보였다.

이제 마나에이는 머리를 안티파스에게로 향하게 했다.

눈물이 태수의 두 뺨을 타고 흘렀다.

횃불은 꺼져가고 있었다. 하객들은 떠났고, 홀 안에는 관자놀이에 두 손을 대고 잘린 머리를 하염없이 바라보는 안티파스밖에 없었다. 그동안 파누엘은 중앙 홀 한가운데 서서, 팔을 늘어뜨리고 기도문을 중얼거리고 있었다.

해가 떠오를 즈음, 전에 요카난이 파견한 두 남자가 그토록 오랫동안 고대하던 회신을 가지고 불시에 찾아왔다.

그들이 그 말을 파누엘에게 전달하자, 파누엘이 몹시 기뻐했다.

잠시 후 파누엘은, 먹다 남은 잔치 음식 사이에서, 쟁반에 담긴 참혹한 것을 두 사람에게 보여주었다. 그중 한 사람이 파누엘에게 말했다.

"마음 놓으십시오! 그분은 그리스도를 알리러 죽은 자들에게로 내려오신 겁니다!"

에세네파 사람은 '그가 흥하기 위해서는 내가 쇠해야 하거늘'이라는 그 말을 이제야 이해했다.

그리하여 세 사람은 요카난의 머리를 가지고 갈릴리 쪽

으로 갔다.

머리가 너무 무거웠으므로, 그들은 그것을 번갈아가며 들었다.

1

《세 가지 이야기》는 플로베르가 생전에 발표한 마지막 작품이자 유일한 단편집이다. 《마담 보바리》(1857), 《살람보》(1862), 《감정교육》(1869), 《성 앙투안의 유혹》(1874) 등 주요 장편소설을 펴낸 플로베르는 1874년 8월에 《부바르와 페퀴셰》에 착수한다. 하지만 진척이 잘 되지 않고, 1875년 가을에는 《세 가지 이야기》 집필을 시작한다.

1877년 4월 이 책이 단행본으로 출간될 때 작품의 순서는 〈순박한 마음〉, 〈구호성자 쥘리앵의 전설〉, 〈헤로디아〉로 되어 있다. 그러나 〈구호성자 쥘리앵의 전설〉이 먼저 씌어졌고, 이어서 〈순박한 마음〉, 〈헤로디아〉 순이었다. 플로베르에게서 현대를 배경으로 한 작품과 고대를 주제로 한 작품이 교대로 나타나는 것은 주목할 만하다. 《마담 보바리》와 《감정교육》, 그리고 플로베르 타계 후에 발표된 미완성 대작 《부바르와 페퀴셰》가 전자에 속하고, 고대 카르타고를 다룬 《살람보》와 중세의 성자 이야기 《성 앙투안의 유혹》이 이 세 작품 사이에 놓인다. 이러한 균형 상태는 《세 가지 이야기》 집필 순서에서도 유지된다. 〈구호성자 쥘리앵의 전설〉은 중세, 〈순박한 마음〉은 19세기, 〈헤로디아〉는 서기 30년의 고대를 시대배경으로 삼고 있다. 서로 다른 시대, 다른 테마가 저마다 그것에 적합한 문체로 다뤄져 있다.

현대나 중세 또는 고대라는 시대적 배경과 무관하게 다섯 편의 장편소설 집필을 위해 작가가 행한 엄청난 양의 독서, 사실에 대한 정확한 자료에 기초한 객관적 묘사에 기울인 노력은 잘 알려져 있다. 이러한 자세는 단편 작품에 대해서도 마찬가지다.

《세 가지 이야기》 집필 전후 작가의 상황은 순조롭지 않았다. 중학생 때부터의 친구인 시인 부예가 사망한 1869년 7월부터 7-8년 사이에 지인과 가족의 잇단 죽음이 있고, 그 정점에 자리한 것은 1872년 어머니의 사망이다. 1875년에는 조카딸 부부의 사업 실패로 이들을 구하기 위해 플로베르는 자산 거의 전부를 매각하게 된다. 그리고 무엇보다 그를 불안하게 하는 건《부바르와 페퀴셰》의 난항이다. 수십 년 전부터 되새김질해오던 이 철학적인 책, 현대 지식 전체에 관한 거대한 소설에 그는 짓눌려 있었다. 쉰 살 나이가 되기 전부터 해가 갈수록 쌓이는 불행한 일들로 인하여 당시의 편지는 돈 문제, 자신의 미래에 대한 두려움, 무기력 또는 마비의 감정으로 가득 차 있다. 휴식과 위안, 자신감 회복이 절실했던 플로베르는 1875년 9월 박물학자 조르주 푸셰의 권고로 브르타뉴의 항구도시 콩카르노에서 체류하게 되고, 그곳에서〈구호성자 쥘리앵의 전설〉에 착수한다. 피난처이자 재기의 시도로 시작한 글쓰기였다.

성자 쥘리앵 이야기는 30년 전에 처음 구상한 적이 있는 테마다(그보다 더 거슬러 올라간다는 설도 있다). 그 후《마담 보바리》를 마무리하고 난 1856년에 중세에 관한 자료 독서를 집중적으로 하지만 재판 때문에 중단된 바 있다. 역시 30여 년 전부터 초안을 잡기 시작했고 손질에 재손질을 거쳐 근접한 과거에 출판한 《성 앙투안의 유혹》이 쥘리앵 이야기를 맨 먼저 쓰게 한 동기로 작용했을 수도 있다. 첫 집필의 계기는 여러 가지가 있겠으나 두 작품의 성격이 다르고 중세라는 시대에서도 수세기 떨어져 있다는 것을 별도로 한다면, 중세의 성자 이야기라는 점에서 볼 때 그러한 추측은 가능하다. 콩카르노에서 쓰기 시작한 이 이야기는 자료와 집필에 적합한 환경을 찾아 거처를 몇 차례 옮기면서 1876년 2월, 다섯 달 걸려 탈고에 이른다. 이 20년 사이 사실주의적 현대생활 묘사와, 역사나 전설 세계의 독자적 재현을 '번갈아가며' 《살람보》와 《감정교육》, 《성 앙투안의 유혹》으로 펴낸 것은 앞에서 말한 바와 같다.

1876년 3월에는 〈순박한 마음〉을 쓰기 시작한다. 첫 구상은 1856년 무렵으로 알려져 있다. 20년이 지나 다시 붙든 이 이야기는 작가의 고향 노르망디, 19세기 전반의 지방 생활을 중심으로 펼쳐져 작가에게 가깝고 친근한 세계다. 그럼에도 마무리까지 반년이 걸렸다. "너무 고된 일을 하고 난 황소처럼 (…) 숨을 몰아쉰다"(1876년 8월 17일 조카딸 카롤린에게 보낸 편지)고 할 만큼 세 가지 이야기 가운데 가장 많은 시간과 노력을 들인 작품이었다. 작가 자신과 관련된 추억과 환영을 재구성하는 일이 도리어 고심을 거듭하게 만든 것이리라.

바로 그 편지에서 플로베르는 "이제 펠리시테를 끝냈으니, 헤로디아가 등장하고 내게는 사해의 수면이 태양 아래 반짝이는 것이 보인다(내 눈에 센 강이 보이듯이 뚜렷하게 말이다)"고 차기 작품에 대한 의지와 서두름을 내비친다. 세 번째 이야기 〈헤로디아〉는 〈순박한 마음〉을 쓰고 있던 중에 착상된 것으로, 구약 시대에서 신약 시대로 전환하는 고대 동방의 팔레스타인을 무대로 삼고 있다. 현대물 다음에 역사에서 주제를 끌어온 것은 플로베르에게 자연스러운 일인 데다, 그해 3월 루이즈 콜레의 사망이 주인공 설정에도 작용한 것으로 보인다. 탈고까지는 5개월가량 걸려, 세 개의 이야기를 묶어내는 데 1년 반 가까운 시간이 소요되었다.

집필 순서와 달리 〈순박한 마음〉을 〈구호성자 쥘리앵의 전설〉 앞에 배치함으로써 작가가 의도한 효과를 유추해보면, 일단 시간적 공간적 질서가 잡힌다는 점이다. 작가의 동시대인 19세기로 출발하여 중세, 이어서 서기 30년이라는 시대까지, 당대로부터 약 천 년씩 거슬러 올라가는 여정이다. 장소도 작가의 고향 노르망디에서 남유럽으로, 동방으로 멀어진다. 친근한 세계로부터 시간적 역행과 함께 점차 이국적인 지역으로 옮겨간다.

2

〈순박한 마음〉은 펠리시테라는 이름을 가진 하녀의 일생에 관한 이야기다. 플로베르는 다음과 같은 방식으로 이 콩트를 직접 요약했다.

> 그녀는 한 남자를, 여주인의 아이들을, 조카를, 그녀가 돌봐주는 노인을, 그리고는 그녀의 앵무새를 잇달아 사랑했습니다. 앵무새가 죽었을 때, 그녀는 그것을 박제로 만들고, 자기가 죽어갈 때는 앵무새를 성령과

혼동합니다.

—1876년 6월 19일 로제 데 주네트 부인에게 보낸 편지

이 요약문에서 짐작할 수 있듯이 〈순박한 마음〉은 잇단 사건의 연속성이 특징인 선형 구조로 되어 있다. 시간의 흐름은 규칙적이지 않지만 지표가 되는 연도가 이따금 제시되어 단조롭고 느릿한 흐름을 따라가볼 수 있다. 펠리시테는 열여덟 살이던 1809년에 테오도르를 만나 사랑에 빠지고 배신당한다. 그해 초에 오뱅 부인은 과부가 된다. 펠리시테가 실연으로 상처받고 퐁레베크에 도착했을 때, 마침 사람을 구하던 오뱅 부인을 우연히 만나 가정부로 들어간다. 1812년에 폴이 중학교에 입학하고 그해에 일곱 살인 비르지니는 교리문답을 하러 다닌다. 1819년 7월 14일에 빅토르는 원양 항해에 나서고 1820년에 사망한다. 몇 달 후 비르지니가 죽는다. 앵무새 룰루의 도착은 1833년경이다. 그 사이 펠리시테가 돌봐주던 노인도 세상을 떠난다. 1837년에 룰루가 죽고 1839년에는 폴의 결혼과 부레의 자살이 있다. 1853년에 오뱅 부인은 일흔두 살로 생애

를 마친다. 펠리시테의 최후는 1860-1870년으로 불분명하다…

잇달아 일어나는 크고 작은 사건들이 인과관계로 연결되어 있지는 않다. 대신 어떤 내재적 인과율의 작용이 느껴지는데 펠리시테의 삶을 주재하는 이 기운은 비르지니와의 관계로 형성된다. 폴과 비르지니 남매의 이름은 베르나르 드 생피에르에게서 차용된 것이 분명해 보이지만, '비르지니'는 세 가지 이야기를 관통하는 기독교 신앙의 원천인 성모를 떠올리게 하는 이름이기도 하다. 한 번의 연애 경험이 있으나 "과실을 범하지는" 않았던 펠리시테는 비르지니와 '평생 동정'으로 묶여 있고 이 조합이 이야기를 끌어간다.

전 5장 가운데 제1장과 5장은 도입부와 종결부를 이루고 중심부가 되는 2, 3, 4장이 펠레시테의 생애를 집중적으로 비춘다. 제2장은 테오도르로부터 아이들에게로 사랑의 대상을 옮겨가는 젊은 시절로 연애와 모성애가 차례로 발현되고, 제3장은 빅토르와 비르지니가 죽는 성숙기, 제4장은 앵무새가 중심이 되는 노년기다. 도입부인 제1장은 종말이 다가오기 전까지의 50년을 아우르는 한편, 제5장에서는 마지막 순간을 묘사한다. 빅토르와 비르지니가 몇 달 간격을 두고 사망하는 이중의 죽음은 전체 구성에서 텍스트의 한복판에 위치한다.

펠리시테의 진정한 행복의 출발점은 오뱅 부인의 두 아이, 특히 비르지니에 대한 사랑이다. 조카 빅토르와의 인연 역시 비르지니로 인해 시작된다. 황소에 놀라 발병한 비르지니의 신경증 치료를 위해 온 가족이 트루빌로 전지 요양을 떠나고, 휴가 기간 끝 무렵에 언니를 만난 것을 계기로 빅토르의 주말 방문이 가능해지기 때문이다. 아이들에게 사랑과 모성을 마음껏 발휘하면서 행복한 시절을 보내는 펠리시테에게 하나씩 불행이 닥치는데, 첫 사건은 원양어선을 타고 나간 빅토르의 사망이다. 이어서 비르지니가 폐렴으로 세상을 떠난다. 선원 차림을 한 남편이 딸을 데려가려 했다는 오뱅 부인의 꿈 이야기를 통해 빅토르의 죽음이 비르지니의 죽음에 연결된다. 이후 펠리시테의 생활은 조금씩 추억으로 채워진다. 빅토르의 죽음을 목격하지 못하고 사망통지만 받은 펠리시테는 비르지니 매장 때

빅토르도 함께 마음속으로 장례를 치르고, 두 아이는 그녀의 내면에서 하나가 된다. 여주인과 하녀의 상하관계가 엄격하게 지켜지던 중 펠리시테가 "동물 같은 헌신과 종교적인 존경심"으로 오뱅 부인을 사랑하게 되는 것도 비르지니의 유품 덕분이다. 두 사람이 비르지니를 잃은 슬픔을 깊이 공유하고 있다는 것을 확인한 이 작은 사건으로 펠리시테에게 오뱅 부인은 비르지니와 동등한 존재가 되고, 이제부터는 어머니가 딸을 대신한다. 오뱅 부인이 죽을 때도 어머니에게서 그녀는 비르지니를 애도하는 것이리라. 더욱이 비르지니와 오뱅 부인, 펠리시테는 모두 같은 병 폐렴으로 사망한다.

펠리시테 생애의 마지막 전환점이 된 앵무새의 도착은 빅토르와 관계가 있다. 앵무새는 미국에서 왔고, 미국은 원양 항해의 행선지와 이웃해 있어서 빅토르를 연상시키기 때문에 두 아이를 대신하여 자연스럽게 펠리시테의 자녀이자 두 번째 '연인'이 된다. 앵무새 룰루가 주는 사람에 의해 "추억거리"로 규정되어 펠리시테에게 온 것은 그녀가 돌봐주던 모든 사람이 사망했거나 그녀 곁을 떠난 후다. 두 아이가 세상을 떠나고 10여 년간 살아 있는 존재들과의 접촉을 잃고 특별한 일 없이 "그렇고 그런" 나날이 반복되던 시점에 도착한 룰루는 그녀에게 남은 유일한 존재로서 모든 것을 대체하게 된다.

펠리시테가 종교적 감정에 눈뜨고 헌신의 대상을 발견하는 것은 비르지니를 따라간 교리문답 중의 일이다. 이것은 차후 그녀의 삶을 신비주의적으로 만드는 계기가 된다. 종교교육을 제대로 받은 적이 없는 펠리시테는 비르지니가 하는 교리문답을 반복해서 듣는 것으로 교리를 익히고 그 후로는 교회에서 치르는 모든 행사와 의식에서도 비르지니를 따라 한다. 비르지니의 첫 성체배령 때 펠리시테는 법열에 가까운 상상력에 의해 비르지니와 자신을 동일시하지만 정작 자신이 성체배령을 할 때는 희열을 느끼지 못한다.

펠리시테의 감각이 줄어들고 머릿속의 좁은 세계가 더욱 좁아질수록 추억은 수가 늘어난다. 육신은 해체되어가고 그 육신을 담고 있는 집이 폐허가 되어가는 것과는 반대로 그녀의 종교적 상상세계는 더욱 확고해진다. 사랑의 대상이 모두 떠난 후 남겨진 추억들을 위해 마련한 공간은 하나의 신성한 공간, 자신의 방이다. 이 '예배당'에 함께 모신 비르지니와 빅토르의 유품, 그것을 굽어보는 성령을 대신하는 박제된 앵무새. 이곳은 그녀 삶의 추억의 물건들이 그 어떤 신성의 중개 없이 신앙의 대상으로 바뀐 지성소가 되어 세속적인 잡동사니와 종교적 물건들이 똑같이 경건하게 간직되어 있다. 마리아상 앞에서 비르지니를 추억하고, 탁자에 제단처럼 보를 씌워 빅토르와 비르지니의 유품을 신에게 바치는 공물로 여기는 펠리시테. 신앙심을 가진 순박한 마음은 자연스럽게 신비주의로 기울어 앵무새가 바로 성령이 되었다. 성령과 비둘기가 결합되는 것을 보는 데 익숙한 순박한 사람들이 그 둘을 분리할 줄 모르듯이 펠리시테는 성령과 앵무새를 혼동한다.

죽어가는 펠리시테는 어린 비르지니와 함께 겪었고, 한 해 한 해, 자신의 삶과 연합되고 그에 대한 추억으로 풍요해진 성체축일을 다시 맞이한다. 마지막 숨을 거두는 순간은 성체축일 행사의 절정과 겹친다. 집 안뜰에 가假제단이 마련되고, 유일하게 남아 있는 감각으로 방까지 올라오는 훈향을 맡으며 행렬을 떠올리는 것으로 그녀는 충분하다. 축제를 떠올리는 펠리시테의 영혼은 성체현시대의 반짝이는 빛 속으로 올라간다. 자신의 사랑과 신앙을 모두 흡수한 앵무새가 날아가는 환영을 보면서 종말을 맞이하는 펠리시테는 행복하다. '지복'이라는 의미의 이름 펠리시테.

*

현실의 고난을 잊기 위해, 자신이 아직도 "하나의 문장을 쓸" 수 있는지 알아보기 위해 시작한 〈구호성자 쥘리앵의 전설〉. 플로베르에게는 현대의 생활보다 중세의 환경이 자신의 그러한 상황에 적절하고 도움이 되었던 것 같다. 세 가지 이야기 가운데 집필 의향이 가장 오래되고 분명한 기원을 갖고 있는 이 콩트는 마지막에서 밝히고 있듯이 루앙대성당의 스테인드글라스에서 끌어낸 이야기다.

전 3장으로 되어 있어 3막 비극과 닮은 구성은 주인공의 생애를 세 단계로 분할하는데, 이야기의 분할된 단계적 형성은 선명한 윤곽선과 강렬한 색면으로 장식된 스테인드글라스의 분할 구축에 호응한다. 매우 단순해 보이는 구조임에도 불구하고 이 세 가지 숙명의 단계를 옮겨가는 길은 단조롭지 않고 역동적이다. 각 단계 내부에서도 반전과 대립을 거쳐 가기 때문이다. 단계에 따라 공간도 이동한다. 탄생에서 청년기까지는 아버지의 성, 성년기는 자신의 성, 만년은 강가의 오두막으로. 거처는 저마다 생애 세 단계의 주요 사건들을 주재하는 공간이 된다. 예언과 죄악, 그리고 속죄의 공간.

플로베르의 데생 선생으로 소년 귀스타브의 초상화를 그리기도 했던 외스타슈-이아생트 랑글루아의 저서《유리 회화에 관한 시론》이 쥘리앵 전설에 관한 스테인드글라스의 첫 출처로 알려져 있다. 랑글루아의 데생에 기초하여 루앙대성당 스테인드글라스에 표상된 쥘리앵의 생애 구조를 플로베르는 텍스트의 내적 현실에 따라 약간 바꾼다. 작가는 랑글루아에 따라 사슴의 예언, 쥘리앵의 결혼, 부모 살해, 속죄, 뱃사공 일, 예수 그리스도의 도래, 회개자의 죽음으로 이어지는 이야기 구조를 사용한다. 그 나머지에 대해서는 쥘리앵의 운명을 벗어나지 않는 범위 내에서 세부적인 사항을 재량껏 만들어낸다. 예를 들어 스테인드 글라스에 의하면 쥘리앵은 부모살해 후 속죄하기 위해 아내와 함께 자신의 성을 떠나 강변에 구빈원hôpital을 짓고 부상자들을 보살핀다. 제목에 성자 쥘리앵의 역할을 가리키는 단어 구호수도사hospitalier가 있는 이유일 것이다. 그러나 콩트에서는 쥘리앵이 혼자 출가하고 강변에 오두막을 지어 뱃사공 일을 하면서 홀로 살아간다.

이 콩트에서 이원성은 주인공의 운명을 지배하는 하나의 기호처럼 작용한다. 부모의 평화로운 성의 창가를 채색 토분에 담겨 피어 있는 바질과 헬리오트로프가 장식하는데, 바질은 격노와 적그리스도를, 헬리오트로프는 신의 계시를 상징하는 식물이다. 상반된 성질을 갖는 상징물의 공존은 세속의 공간인 성관을 지배하는 것이 기독교 정신임을 암시하고, 이 주거지를 감싸고 있는 평화에 균열이 발생할 것을 예감케 한다. 쥘리앵이 태어날 때부터 부모 사이에도 불일치가 존재한다. 동과 정이라는 생활 태도의 차이도 있지만 탄생잔치 중에 부모는 각기 다른 예언을 듣는다. 신앙심 깊은 어머니에게 은자 노인은 쥘리앵이 성자가 될 것이라 말하고, 선량하지만 호전성이 두드러진 아버지에게 집시 같은 걸인은 분명치 않은 말투로 제왕의 혈통 운운한다. 세속적인 운명과 종교적 운명 사이에서 쥘리앵의 미래를 분열시키는 예언이다. 이 예언은 부모의 내면 깊숙한 곳에 중세의 특징인 영웅성에 대한 꿈을 갖게 하는 한편, 부모의 모순적인 두 가지 욕망으로 쥘리앵의 생애에 대립과 이원성을 족쇄처럼 채운다.

균열은 미사 중에 어린 쥘리앵의 눈에 들어온 생쥐에 대한 증오에서 시작된다. 첫 번째 살해 대상은 미물이지만, 아버지의 적극적인 후원으로 사냥에 입문하는 쥘리앵은 전문 사냥꾼의 숙련도를 높이면서 갈수록 잔혹해지고 그 잔혹성은 첫 사냥에서 여실히 발휘된다. 겨울날 아침에 집을 나서 해질 무렵까지 이어지는 제1장의 사냥은 각종 동물을 거쳐 골짜기의 사슴 떼 살육에 이르기까지 단 한 번의 오류도 없이 수행된다. 이 혁혁한 성과는 파괴를 위한 파괴의 환희, 악마성의 실현이다. 쓰러진 키 큰 사슴이 죽으면서 하는 저주의 말은 탄생일의 예언을 보충하고 확정함으로써 완성한다.

첫 사냥과 반대로 두 번째 사냥의 유혹은 여름밤에 일어나고, 끝없는 황무지에서 길을 잃은 쥘리앵은 화살도 창도 검도 제대로 쓸 수가 없다. 어둠은 갈수록 깊어지고 유령 같은 동물들은 그를 포위하고 떠민다. 쥘리앵은 그를 압도하는 어떤 힘에 홀려 있는 것을 느끼지만 공포를 밀어내고 난폭함을 되찾는다. 이미 유령이 된 동물들과의 허망한 대결로 끝나는 이 사냥이 밤에 이루어진다는 것은 신의 빛으로부터 그가 멀어져 있다는 의미다. 제2장의 마지막 대장면인 부모살해는 광란의 최후의 결과다. 실패한 사냥에 대한 실망이 분노로 바뀌고 그 분노는 살육에의 갈망을 부추긴다. 짐승들에게서 살육의 갈망을 만족시킬 수 없었던 그는 인간을, 바로 자신의 부모를 살해한다. 비로소 예언이 실현된 것이다.

쥘리앵이 미사 중에 생쥐에 대한 증오를 품고, 기도를 하던 중에 사냥에 강한 유혹을 느껴 출타 결심을 하는 것은 시험에 든 그의 운명이 신의 의지에 달려 있음을 말해준다. 신에게 기도한 끝에 태어났고, 신의 가호를 받아 위기에서 벗어날 수 있었던 쥘리앵은 끊임없이 악마의 유혹을 받는다. 첫 사냥이 악마성의 완전한 승리인 반면, 신의 집요한 의지 앞에서 그가 무력한 존재에 불과하다는 것을 두 번째의 실패한 사냥이 증명한다. 상반된 결과를 초래한 두 번의 사냥이 한 번은 꿈결같이 수월하게, 한 번은 마법에 걸린 듯 이루어지는 것도 이야기의 줄거리를 진척시키는 것이 신비한 숙명이기 때문이다. 이야기 전체를 관통하는 강력한 원리는 신의 섭리다. 예언을 피해보려고 애쓰지만 운명의 힘, 신의 집요한 의지에 맞설 수는 없다.

예언이 완성되는 과정을 보면 처음에는 어머니의 신앙과 전사 아버지의 호전성의 결합으로 시작되어, 청년기에 이르기까지는 후자가 우세하다. 이렇게 하여 콩트의 절정인 부모살해에 이르고 혹독한 속죄를 거친다. 속죄 과정에서 그는 어머니의 본질인 신앙으로 단순 회귀하지 않는다. 경건하고 관조하는 신앙이 아닌 실천과 합일의 신앙이라는 자신의 길을 택한다. 제1장에서는 사냥에 단련되었고 제2장에서는 전쟁에 단련된다. 이교도를 쳐부수는 기독교 전쟁의 전사로 거듭나기는 해도 사냥 생각에 눈물짓는 쥘리앵은 역할을 바꿀 뿐 심리적으로 변화하지 않았다. 이

불완전한 변화로 인하여 그는 자신의 과거와 다시 만나고 사냥의 유혹에 굴복하게 되는 것이다.

그러나 제2장에서 제3장으로 이동하는 장면("(…)그는 마침내 사라졌다."/"쥘리앵은 구걸하면서 세상을 떠돌았다.")은 변화의 차원이 첫 번째와는 다르다는 것을 보여준다. 쥘리앵의 완전한 속죄는 분열에서 비롯된 비극적 세계가 해소되어야 완성될 수 있을 것이다. 이원성과 대조법으로 점철된 비극을 합일로써 승화시키는 쥘리앵의 완전한 속죄는 자신이 누리던 모든 것, 사랑과 부와 힘을 모두 저버리고 뱃사공 일을 함으로써 이루어진다. 자신의 목숨을 내놓는 자기희생의 길을 찾아냄으로써. 악천후 속에서 강을 건너고, 문둥병자와의 육체적 합일로써 마지막 시련을 견뎌낸 쥘리앵은 그리스도의 변용을 맞이하면서 승천의 서사를 완성한다. 밤에 출타하는 두 번째 사냥의 발걸음이 악마성의 완전한 실현을 위한 폭력의 횡단이었다면, 문둥병자를 맞이하러 간 강 건너기는 구원을 향한 횡단이었다. 격노와 적그리스도를 구현하던 사냥꾼이며 전사였던 쥘리앵. 뱃사공 쥘리앵의 구원은 기적처럼, 신의 계시처럼 찾아온다.

이 이야기가 성자 쥘리앵에 관한 '전설'이라는 점이 많은 것을 시사한다. 세 가지 이야기 가운데 가장 먼저 쓰게 된 것도 콩트라는 형식과 관련하여 생각해볼 수 있다. 짤막한 이야기라는 의미로 19세기에 자주 사용된 콩트는 전통적으로 구전문학에 속하고, 전설은 그것에 어울린다. 쥘리앵 탄생일에 부모가 들은 예언이나, 꿈에서처럼 모든 일이 수월하게 처리된다는 것, 사슴이 던지는 저주의 언사, 또는 밤에 일어난 기묘한 사냥 등, 환상적이고 초자연적인 상황에서 일어난 모든 일이 불가사의하게 진행되는 것은 경이의 세계인 전설이기에 가능하다. 신비로운 숙명이 이야기를 진척시키는 종교적 전설에서는 주인공의 인물묘사와 성격묘사, 심리묘사로부터 자유로울 수 있고, 운명의 의미를 명상하면서 지난날을 돌아보던 작가의 상황에서 보다 쉽게 접근할 수 있었던 양식이었을 것이다.

*

펠리시테의 생애 전체를 다루는 〈순박한 마음〉, 성자 쥘리앵의 분할된 생애를 이야기로 들려주는 〈구호성자 쥘리앵의 전설〉과는 달리 〈헤로디아〉는 단 하루 동안 일어난 역사적 사실을 재현한다. 출간 당시 세 가지 이야기 가운데 일반 독자들에게 가장 환영받지 못했지만 비평가 이폴리트 텐은 이 작품을 걸작으로 평가했다. 서기 30년의 유대, 사실적이고 표현하기에 몹시 어려운 유대, 다른 종족, 다른 문명, 다른 풍토를 다루고, 기독교의 기원이나 배경 등에 관하여 르낭의 책보다 더 많이 가르쳐준다는 이유를 들었다. 앞의 두 콩트가 단 하나의 인물에 집중되어 있는 반면, 〈헤로디아〉는 복수의 인물을 중심으로 여러 개의 사건이 긴밀하게 얽히면서 진행되는 입체적 구조로 되어 있다. 정치, 종교, 애욕 등 다양한 테마와 국가, 종족, 언어, 종교의 역사, 복수의 주요 인물, 각종 요리와 술, 고대의 무기류에 이르기까지, 놀라운 복잡성이 이 콩트를 장식한다.

작품을 쓰도록 부추긴 동기는 다방면에서 찾을 수 있다. 플로베르의 오래된 비상한 동방심취가 바탕에 있고, 보다 구체적으로는 1850년의 이집트와 팔레스타인 여행의 기억(특히 그때 보았던 춤), 제2제정 말기의 종교서 발간 붐(예컨대 르낭의 《기독교의 기원》, 《예수의 생애》)에 따른 독서, 1876년 살롱에 전시된 귀스타브 모로의 회화 〈살로메〉, 루앙대성당 북문 합각머리 삼각면의 부조 등이다. 이 부조는 헤로데의 연회와 세례자 요한의 참수 사이에 펼쳐진 살로메의 춤을 표상하고 있다. 독서나 도상적 출처의 테마보다 그 테마를 실현시키고자 하는 욕망이 문제된다는 것은 말할 필요도 없겠다.

해가 뜰 무렵부터 이튿날 해 뜰 때까지 만 하루 동안의 이야기라는 틀 안에 복수의 요소가 담겨 텍스트의 긴밀도를 높인다. 〈구호성자 쥘리앵의 전설〉과 마찬가지로 전 3장으로 되어 있어, 역시 3막 비극의 구성을 답습한다. 세분하여 말하면 제1장은 아침, 제2장은 낮, 제3장은 밤에 시작된다. 더욱이 3일치 법칙—극작품은 하루 동안, 동일한 장소에서, 일관된 줄거리를 갖고 전개되어야 한다는 시간, 장소, 극 행위의 법칙—에도 부합한다. 고전 비극의 규범인 시간의 일치(24시간), 장소의 일치(한 장소), 행위의 일치(하나의 사실). 이러한 형식상의 특성이 내용 긴축에도 기여할 것이다. 복잡하고 다양한 사건들이 이야기의 중심이 되는 하나의 사실에 수렴되도록 구성하는 것이 행위의 일치라면, 작품의 제반 요소가 그 사실로 향할 것이다. 이 이야기가 하루 동안에 완결되고, 모든 일이 마케루스 산성에서 벌어지므로.

마케루스 성을 중심으로 종속관계와 적대관계로 얽혀 있는 다양한 집단이 동맹과 대립으로 만들어진 하나의 구조를 형성한다. 제1장에서는 새벽이 오기 전에 잠이 깬 태수 헤로데 안티파스가 먼저 등장하고 헤로데와 아내 헤로디아를 둘러싼 마케루스 성의 내력, 부부 주변의 주요 인물들이 정밀한 압축 상태로 소개된다. 로마 황제의 대행인인 시리아 총독 비텔리우스의 방문을 알리면서 1장이 마무리되고 제2장에서는 총독의 명령에 따른 성채 시찰 장면에서 독자는 경이로운 세계를 목격한다. 산성의 구조, 비밀 문, 각종 이색적인 병기창, 인동덩굴, 지능과 감수성을 갖춘 백 마리의 아름다운 백마, 그리고 지하 감옥에 숨겨진 요카난의 발견까지. 요카난(요한)의 노호와 헤로디아의 보복 욕망이 격렬하게 부딪치고 헤로데는 혼란 속에서 한나절을 보낸다. 제3장의 장소는 헤로데의 생일 축하 연회장이다. 인물, 사상, 종교적 정치적 사안들이 중첩되고, 오감을 자극하는 온갖 물건이 현란한 화면을 이루는 현장에서 마침내 살로메는 춤추고, 태수로부터 세례자 요한의 목을 얻어낸다. 헤로데 안티파스의 불안한 아침, 혼란한 낮, 폭풍 직전의 고요와 그 후 밀어닥치는 폭풍의 밤을 강렬한 색채로 칠해나가는 3막 연극의 구조다.

군사적, 정치적, 종교적 궁지에 몰려 있는 안티파스가 느끼는 가장 큰 위협은 로마인들로부터 오고, 이 사실이 안티파스를 헤로디아에게 의지하도록 이끈다. 안티파스는 자신의 신분증이나 다름없는 인새를 요카난의 지하 감옥에 던져버리고 헤로디아로부터 티베리우스 황제의 메달을 위임받는다. 안티파스는 위기 상황을 해결하거나 극복하려는 노력 대신 감정에 좌우되어 위험을 초래함으로써 헤로디아의 영향력 아래 놓인다. 남편을 꿰뚫어보고 그에게 절실한 것이 무엇인지 알고 있는 그녀가 요카난에게 받은 욕설을 로마의 권위에 대한 협박으로 능란하게 연결시켜, 로마인들은 더 한층 안티파스를 불신하고, 죄수를 잡아둔다. 안티파스에게는 그 두려움을 만회하기 위해 헤로디아의 도움이 필요하고 헤로디아는 이 도움의 대가로 목적달성에 이르는 것이다. 헤로데를 옥죄는 덫을 헤로디아는 곳곳에 설치하고 그 모든 덫을 요한의 참수로 향하게 만든다.

실상 그 밖의 모든 갈등도 마지막 대참사를 향하여 돌진해온 터였다. 로마인들은 요카난이 조세 거부를 선동했다는 현실적인 이유로, 사두가이파와 바리사이파 유대인들은 새로운 종교의 도래를 예언한다는 종교적인 이유로, 참수담당 사마리아인 마나에이는 유대인을 증오하는 인종적 이유로 요카난의 죽음을 원한다. 헤로데 안티파스가 진술의 중심에 있고 이야기의 모든 장면에 등장하는 인물임에도 불구하고 결말을 내다보고 행동하는 인물은 헤로디아다. 이런 이유로 콩트의 제목이 〈헤로디아〉가 되었을 것이다. 복음서에 따라 태수 헤로데 안티파스가 자신의 생일잔치를 위해 연회를 제공했고, 그날 세례자 요한의 참수가 행해진 것이 이 이야기의 핵심인데, 헤로디아는 자신의 패륜을 비판하고 퍼뜨리는 세례자 요한에게 앙심을 품고 동원할 수 있는 모든 수단으로 요한의 참수를 이끌어내기 때문이다. 구약 시대 예언자의 참수라는 극적 효과를 창출하기 위해 이 모든 복잡성과 다양함이 한 곳으로 수렴된 것이다.

부차적인 인물 가운데 눈여겨봐야 할 두 사람은 에세네파 유대인 파누엘과 헤로디아의 딸 살로메다. 안티파스의 이중 또는 다중 인격을 부각시키는 이 두 사람은 장마다 마지막에 나타나 안티파스의 심경을 자극하고 상반된 분위기와 외모로 태수에게 대조적인 영향력을 행사한다. 살로메는 젊은 육체와 선정적인 춤으로 태수의 음욕을 일깨우고, 흰옷을 입고 하나의 상징처럼 등장하는 파누엘은 요한에 관하여 태수의 인간적 감정선을 건드린다. 살로메에게 부여된 어린아이 같은 말투와 그녀가 담당한 역할 사이의 대조는 태수에게 작용하는 심리적 효과를 한껏 끌어올려 헤로디아의 지시대로 요한의 목을 요구할 수 있게 된다. 파누엘은 이 드라마에 비등하는 폭력성과 언쟁에서 벗어나 있는 인물로 비텔리우스 도착 소식이 알려지면서 태수에게 "중대한 보고"를 할 기회를 놓치지만(1장 말미), 점성술 연구 결과 "바로 오늘밤, 마케루스에서 중요한 한 인물이 죽는다는 점괘"를 태수에게 털어놓으면서(2장 말미) 갈수록 분명하게 결말을 짐작하게 해준다. 안티파스는 살로메의 악마적인 힘과 파누엘의 천상의 힘 사이에 놓여 있다. 결국 두 사람은 상반되는 역할로 요한의 죽음을 알린다.

1장과 2장에서 음성과 언어를 통해서만 등장하여 갈등을 고조시킨 예언자 요한은 죽은 후에야 무대 전면에 모습을 드러낸다. 쟁반에 담긴 머리로. 복수의 등장인물 가운데 특출하게 이채로운 인물 아울루스와 죽은 요한이 마주보는 모습은 곳곳에서 발견되는 상징적인 장면들 가운데 가장 인상적인 광경일 것이다. 흐릿한 눈동자와 죽은 눈동자의 상호 응시는 로마와 기독교의 오랜 대립을 예고하고 세속적인 힘과 종교적 힘의 항구적 불화의 역사를 압축한다.

각 종족과 국가들의 이해관계로 얽힌 카오스 상황이 종료된 후의 안티파스. 이야기 처음에서처럼 또 한 번의 새벽을 맞이한 안티파스는 끝에서도 홀로 있고, 이 시각에 요한의 제자들과 에세네파를 대표하는 파누엘은 예언이 이루어졌음을 알리러 갈릴리로 떠난다. 비장하고도 진실한 요한의 말, "그가 흥하기 위해서는 내가 쇠해야 한다"의 의미는 신약이 구약을 대체하는 데 있어 정언명령으로 제시되고, 요한의 죽음은 그리스도와 소생의 약속이 된다. 이리하여 새 날 해 뜰 무렵에 위치한 에필로그는 기독교 기원의 역사를 알린다.

3

〈헤로디아〉에서는 기독교 기원의 역사를 알리고, 〈구호성자 쥘리앵의 전설〉에서는 신의 섭리가 원리이며, 〈순박한 마음〉에서는 교리문답을 한다. 역사의 흐름에 따른 신성의 소멸에 착안하여 작가는 그 기원을 향하여 거슬러간 것이리라. '위대한' 죄인 쥘리앵은 결국 '위대한' 성자가 되었지만, 펠리시테는 복음서의 존재들을 인간적 존재로 여길 만큼 상징과 현실, 하늘과 지상을 전혀 구분하지 못한다. 과학과 실증주의 시대의 신앙은 관례적인 형태나 미신, 물신의 형태로만 살아남아 있다. 작가는 헤로디아의 이야기에 관하여 종교와는 전혀 관계가 없고 민족의 문제가 모든 것을 지배하고 있다고 말한다. 작가의 말대로, 〈헤로디아〉에서 주요 인물들은 하나의 세력을 대표하고, 부차적인 인물들도 자체의 개성은 없이 저마다의 사회층이나 종족을 대표하는 것으로 민족의 문제를 보여준다고 할 수 있다. 그럼에도 복수의 인물이 주고받는 압축된 대화를 통해서 메시아의 존재와 새로운 종교인 기독교의 도래가 결론으로서 도출된다.

《세 가지 이야기》에서는 작품마다 죽음이 끝에 있고, 그 죽음에는 기독교적 의미가 담겨 있다. 플로베르가 이 작품들을 쓰던 전후로 가족과 지인의 잇단 사망이 직접적인 동기가 되었을 것이다. 몇 년 사이에 친한 사람들을 저세상으로 떠나보내면서 "내 마음은 묘지가 되어간다"고 한탄한 플로베르가 이 불행으로 인하여 죽음과 영혼, 인간의 운명에 대한 깊은 명상에 잠겼으리라고 추측하는 것은 자연스럽다. 예민한 영혼들을 감동시키고 울리고 싶어하는 작가가 종교 이야기를 일관된 테마로 삼은 것은, 종교야말로 한 사람의 영혼에 공감을 가지고 파고들 수 있는 주제였기 때문이리라. 무엇 하나 내세울 것 없는 시골 여자가 기독교의 계명에서 가장 어려운 이웃사랑을 스스로 의식하지 못한 채 평생 실천하고, 격변의 삶을 살아온 부모살해의 중죄인이 의지를 갖고 고행과 희생으로써 이웃사랑을 실천할 때 독자는 이들의 영혼에 공감하고 그 삶에 감동한다. 더욱이 메시아의 이름으로 승인된 요한의 희생은 모든 영혼을 구원할 것이다. 펠리시테는 신체적으로 죽지만 환각에 의해 구원을 느낀 죽음이고, 쥘리앵은 자기희생에 따라 구원을 얻은 전설적 죽음, 요한의 죽음은 새로운 종교에 대한 약속인 역사적인 죽음이다. 앞 두 작품에서의 죽음은 개인적 삶의 완성, 마지막 작품의 죽음은 새로운 세계의 탄생을 예고하므로 세 가지 이야기는 생명의 드라마이기도 하다고 말해야 되지 않을까.

《세 가지 이야기》는 자전적 경향을 완전히 벗어난 이후의 작품이다. 각 이야기에서 작가의 경험이나 성격을 엿볼 수 없는 것은 아니지만, 부분적이고 지엽적인 것에 국한된다. 저자가 작품 속에서 부재해야 한다는 작가의 철저한 주장이 지켜져 있다. 예컨대 〈순박한 마음〉에서 단순한 여자의 단순함이 한 치의 감상感傷도 섞이지 않고 서술될 수 있었던 것은 자신이 창조한 인물에 대한 작가의 이러한 태도에서 비롯된다. 펠리시테 이야기에 관하여 작품에서 도덕적이고 유익한 의미를 강조하라는 조르주 상드의 조언에, (평소의 돈독한 친분과는 별개로) 플로베르는 진실한 작품을 위해서는 작가의 개인적 견해를 드러내서는 안 된다고 역설한다. 비사실적 의도에 굴복하지 않고 내면으로부터가 아니라 외부에서 파악된 존재, 설명 없이 보이는 그대로 파악된 존재가 가장 높은 경지의 진실성을 획득한다는 믿음, 독자 스스로 작품으로부터 도덕성을 끌어낼 수 있는 작품이야말로 참된 문학이라는 확신이 그에게는 있었다.

세 가지 이야기는 모두 거주지에 대한 묘사로 시작된다. 카메라의 줌인 효과와 유사한 방식으로 주인공이나 주요 인물이 등장하기까지 먼 곳으로부터 가까이, 바깥에서 안으로, 조금씩 깊숙이 파고들어 이야기의 무대를 비춰간다.

이리하여 동시대 노르망디의 소도시 퐁레베크, 중세 남유럽의 성관, 고대 동방의 요새는 저마다 하나의 온전한 세계, 닫힌 세계로 제시된다. 퐁레베크에 펠리시테가 들어옴으로써, 쥘리앵이 부모의 성관을 벗어남으로써, 마케루스성으로 태수가 사람들을 불러들임으로써 도시와 성관, 성채에 정착 또는 변화와 격변이 일어나는데, 그 템포가 때로는 단조롭고 느릿하게, 때로는 경쾌하고 리드미컬하게, 또 때로는 급격하고 폭발적으로 조율된다. 〈순박한 마음〉의 구체적인 묘사는 사실주의 소설을, 〈구호성자 쥘리앵의 전설〉의 간결하고도 주술적인 문장은 환상 콩트를, 〈헤로디아〉의 수학적이라고도 할 만큼 정확한 묘사는 역사소설을 방불케 하지만 어느 작품에서나 조화로운 명문들을 만나게 된다.

트루빌에서 고깃배가 들어오는 장면, 투크 강에서의 조개 줍기, 에크모빌 언덕에서 과거를 한꺼번에 떠올리는 장면(〈순박한 마음〉), 세련미와 야만성의 인상을 창출하는 사냥술과 동물의 열거, 리드미컬하고 생동감 있는 그 움직임을 묘사하는 문장들, 문둥병 남자를 싣고 미친 듯 날뛰는 폭풍우 속에서 노 저어 건너는 장면(〈구호성자 쥘리앵의 전설〉), 산성 내부의 병기창과 빛이 새어드는 지하 마구간 장면(〈헤로디아〉) 묘사 앞에서 독자는 형언할 수 없는 감동과 아름다움을 체험한다. 평이하고 간결한 표현으로 내용을 압축해 보여주는 한 단원의 첫 문장들, 짤막하고도 무게감 있는 마무리 문장들의 직접적인 표현은 독서의 몰입을 유도하고, 텍스트를 하나의 닫힌 체계로 만들어 그 안에서 펼쳐지는 드라마에 밀도와 강도를 높인다.

《세 가지 이야기》는 균형을 깨뜨리지 않고는 한 문장도 하나의 형용어도 덧붙이거나 떼어내는 것이 불가능할 만큼 독창성과 자제력, 상상력, 놀랄 만한 관찰력이 극히 높은 단계에서 협력하여 만들어낸 위엄 있고도 단순한 언어로 작성된 작품이다. 작가이자 비평가인 장 프레보는 플로베르의 문체를 프랑스 문학의 "가장 기이한 석화하는 샘"이라고 말했다. 그 창조력도, 연마의 수준도 감히 모방할 수 없는 경지라는 의미일 테다. 조화로운 전체 안에 녹아들 수 있도록 생경한 것을 정성 들여 없애고 세심한 마무리와 폭넓은 제작, 우아하면서도 탄탄한 구도로 짜인 《세 가지 이야기》는 디테일에서는 보석세공인의 새김과 같고, 전체로서는 아크로폴리스의 벽—플로베르가 완전한 산문에 비유한 벽—처럼 균열이 없는 텍스트다.

줄리언 반스는 《플로베르의 앵무새》에서, 작가가 작품에 모습을 나타내지 않으면서도 실제로는 암시적으로 존재할 수 있게 하는 방법이 아이러니라고 말한다. 플로베르의 글쓰기 방식을 설명하기 위해 가져온 개념 해석이지만 이 말을 액면 그대로 받아들인다면 세 개의 콩트 자체가 아이러니라는 주장도 가능하다. 작품 속에 작가가 전적으로 부재하면서도 곳곳에서 작가의 그림자가 어른거리니 말이다. 어떻든 아이러니가 모순과 역설의 수사법이고 보면, 매우 진지한 내용의 이 세 가지 콩트에서는 일견 없는 것도 같다. 작가 자신도 앞에서 인용한 데 주네트 부인에게 보낸 편지에서 〈순박한 마음〉의 "한없이 진지하고 몹시 슬픈" 측면을 강조하면서 이 텍스트에서 아이러니를 모조리 배제했다고 말했다. 그러나 독자의 눈으로 펠리시테의 생애를 바라볼 때 '지복'이라는 의미의 이름에서 풍기는 아이러니도 그렇거니와, 펠리시테의 상황에 대하여 그녀

자신과 독자가 체감하는 간격에서 발생하는 아이러니는 보다 강력하다. 이것은 펠리시테의 행동과 사고가 전적으로 펠리시테의 시점에서 이야기됨으로써 일어나는 효과일 것이다. 펠리시테와 정반대의 인물로 제시되는 부레는 퐁레베크의 지식인이며 19세기 합리주의의 인간이다. 펠리시테의 종교적 상상세계와 부레의 합리적이고 계산적인 세계의 대조에서 아이러니는 더욱 두드러진다. 자살로 생을 마감하여 생전의 사기와 횡령, 의심쩍은 사생활이 뒤늦게 드러나는 부레와, 순진함과 희생, 이웃사랑을 실천하고 승천의 환영 속에서 눈을 감는 펠리시테의 상반된 상황이 자아내는 아이러니. 오뱅 부인의 죽음이 부레에게서 기인한다는 사실도 작은 반전을 내포한 아이러니라고 할 수 있다.

앞뒤의 두 콩트에 비하여 〈구호성자 쥘리앵의 전설〉에는 처음부터 아이러니의 요소가 다분하다. 분열된 삶은 이미 아이러니한 상황의 전개를 예고하기 때문이다. 쥘리앵은 인간으로서의 자유의지로 행동하고 자신의 삶을 결정할 수 있고 운명을 피할 수 있다고 믿지만 신의 의지에 매여 있는 존재다. 우화적 성격이 짙은 성자전의 특성상 다른 인물과의 대조나 대립이 아닌 인간 대 운명, 인간 대 신의 섭리에서 비롯되는 아이러니다. 마지막으로, 〈헤로디아〉에서는 헤로데 안티파스의 자가당착적인 행위나, 가장 속된 자 아울루스와 가장 성스러운 인물 요한의 마주보기에서도 아이러니는 확인된다. 하지만 보다 본질적인 아이러니는 텍스트 밖에서 완수된다. 역사가 증명하는 아이러니. 두 주인공이 요한의 죽음을 초래하여, 새로운 종교로 문을 열고 그들 자신의 지배력을 파괴하기 때문인데, 서기 39년에 헤로데 안티파스 부부는 칼리굴라 황제에 의해 파면당하고 갈리아 땅에 유배되어 그곳에서 생을 마감한다.

그러나 무엇보다 이 세 가지 이야기를 관통하는 아이러니의 역선力線은 종교 문제에 있는 것으로 보인다. 예언자와 예수가 활동하는 시대, 신의 섭리에 따라 죄인이 성자가 되는 시대를 거쳐 도달한 실증주의 시대에 신앙심은 단순한 사람의 순박한 마음속에만 깃든다는 사실, 열다섯 나이에 죽은 비르지니와 교리를 이해하지도 못하는 펠리시테 같은 무구한 정신에게만 남아 있는 신앙심, 그것도 교리문답과 신비주의로 변질되어 현대는 진정한 신앙을 잃어버린 '박제된 신앙심'의 시대라는 사실 그 자체가 가장 신랄한 아이러니 아닐까. 그러고 보면 《세 가지 이야기》에서 작가는 진지함과 아이러니 사이에서, 그보다는 진지함과 아이러니를 자유자재로 오가면서 절묘하게 균형을 잡고 있지 않은가?

세 가지 이야기에서 모두 기독교적 의미가 읽힌다고 해서 작가가 종교를 논하려고 한 것은 물론 아닐 테다. 앞에서 본 바와 같이 종교가 한 사람의 영혼에 공감을 가지고 파고들 수 있는 주제이고 인간의 다양한 심리상태를 보여줄 수 있는 주제이기 때문일 것이다. 각기 다른 시대와 지역, 저마다 개성이 다른 주요 인물들의 이야기를 생생하게 재구성해내는 천부적 능력과 각고의 노력으로 플로베르는 종교적 테마를 넘어 인간에 대한 통찰이라는 보편성을 획득하는 것이리라. 그리하여, 만년의 고독 속에서 창작력의 고갈에 대한 두려움을 떨쳐내려고 쓰기 시작한 '휴식'의 책, "이 《세 가지 이야기》는 일견 플로베르의 작품 가운데 약간 부차적인 부속물로 보이지만 곰곰 들여다보면 가장 뛰어난, 가장 명료한 그의 책 중의 하나로 볼 수 있다"는 알베르 티보데의 말에 독자는 전적으로 동의하게 된다.

덧붙이는 말. 《세 가지 이야기》는 성령과 성자와 성부가 작품 순서대로 중심에 있으므로 삼위일체 소설이라고도 할 수 있겠다. 다만 아이러니의 색채가 가미되고 전도된 방식으로서의 삼위일체. 성부와, 성자와, 성령, 으로 이루어진.

---

* 번역을 위한 저본으로, Gustave Flaubert, *Trois Contes*, introduction, notes et relevé de variantes par Édouard Maynial, édition augmentée d'une chronologie par Jacques Suffel, Garnier Frères, 1969를 사용하였다.

주

순박한 마음

1—— 판화가 지라르 오드랑(1640-1703)을 가리키는 것으로 보인다. 르쉬외르, 르브룅, 푸생 등 고전파 화가들의 많은 회화를 판화로 제작했다.

2—— 총재정부 시절인 1798년에 병역의무가 제정된다. 면제받을 가능성은 세 가지였는데, 결혼한 남자, '제비뽑기'에 당첨된 사람, '제비'에서 떨어진 경우 일정 금액을 지불하고 병역대리인을 사는 것 등이다. 1889년까지 유사한 형태로 병역법이 유지되었다.

3—— 병사가 필요한 제정기에는 면제된 자들도 불러들였기 때문에, 대리 복무자를 한 번 사용했던 테오도르는 군복무를 피하기 위해 두 번째 대리인에게 돈을 지불해야 했을 것이다. 르우세 부인이 그것을 해주었을 것이다.

4—— 발을 따스하게 하는 기구.

5—— 퐁레베크의 지나치게 습한 날씨가 폐 질환에 좋지 않아서다.

6—— 바르샤바가 점령된 후, 온갖 계층의 폴란드인이 프랑스로 피신해 왔다. 그중 많은 사람들이 노르망디 지방에서 피신처를 얻어 농가에 머물면서 도움을 받았다. 플로베르는 어린 시절부터 이 불행한 망명자들에게서 깊은 인상을 받았다. 플로베르가 몹시 따르던 음악 선생도 망명한 폴란드인이었다고 한다.
7—— 이 표현은 "은총이 가득하신 마리아, 기뻐하소서"(Je vous salue, Marie)로, 성모송의 첫 부분이기도 하다.
8—— 긴 자루 끝에 도끼가 달린 창槍으로 의식이나 행렬에 사용되었다.
9—— 알랑송에서 깎은 투명한 보석.

구호성자 쥘리앵의 전설

1—— 이 두 가지 식물은 중세의 상징체계에서 저마다의 의미를 갖고 있다. 바질은 '작은 왕'이라는 어원을 가진 허브인데, 이 이름을 가진 전설의 동물도 있다. 도마뱀의 일종으로, 흘끗 보는 것만으로 상대를 죽였다고 한다. 격노와 적그리스도의 상징이다. 파란색 꽃이 피는 헬리오트로프는 어원적으로 "태양을 따라가는 식물"로, 신의 계시의 상징이다.

플로베르는 이 두 종류의 식물을 선택하여 쥘리앵 성격의 상반된 두

가지 본능과 그 운명의 양면을 상징하고 있다.

2—— 크로켓과 비슷한 놀이로, 망치를 사용하여 공을 밀어내는 중세의 스포츠. 17세기에 영국에서 펠멜 놀이라는 이름을 갖게 되었다.

3—— 아라비아의 소부족인 아말레타족은 에돔 지방 끝에 살고 있었다. 이 부족은 다윗 왕에게 섬멸되었다. 가라만트족은 리비아 남동쪽에 살았는데, 기원전 21년에 로마에 의해 멸망했다. 사라센의 단검은 짧고 폭이 넓은 검으로, 16세기까지 유럽의 전투에서 사용되었다.

4—— 송아지 가죽으로 만든 종이로, 양피지와 비슷하다.

5—— 강철로 된 발사장치가 달린 활.

6—— 검정과 청회색의 알록달록한 깃털이 몹시 아름다운 새.

7—— 중세 그리스 사람들이 적함에 불 지르는 데 사용한 일종의 화약으로 물 위에서도 불에 탄다.

8—— 머리 부분에 갈고리가 붙은 쇠망치.

9—— 인도 남서부에 있는 옛 도시. 오늘날의 지명은 코지코드.

10—— 페르시아 만 해안의 땅 속에서 거주했던 부족.

11—— 밀라노의 구렁이는 중세의 많은 전설에서 만나게 되는 일종의 상상 속의 뱀이다. 오베르비르바흐의 용은 독일의 여러 전설에 영감을 주었다.

12—— 남프랑스 서쪽 아키텐 지방에 있던 중세의 왕국.

13—— 국경을 통과할 때 지불하는 통행세를 말한다.

헤로디아

1——사해 동쪽에 있는 성채. 아라비아 유목민의 침입에 대비하여 팔레스타인과 아라비아 경계에 유대와 마카비 가문의 야네우스가 축성했으나, 로마의 폼페이우스 군에 파괴되어(기원전 63), 후에 헤로데 대왕이 재축성했다.

2——이 궁전은 헤로데 대왕의 명령으로 세워져, 대왕이 그곳에 자주 기거했다.

3——헤로데 대왕의 일곱 번째 아들. 안티파스는 아버지로부터 갈릴리와 페레의 태수직을 물려받았다. 로마의 아우구스투스 황제는 안티파스에게 이 영예를 인정했으나, 후에 칼리굴라 황제가 이 직위를 그에게서 박탈했다.

태수란, 로마인이 대영토의 통치에 채용한 일종의 보호 왕국 제도에 의한 통치자이지만 로마의 대관에 불과하고, 팔레스타인, 시리아를 합하여 로마의 속주 하나를 이루어 로마황제 대리로서 원로원 의원인 시리아 총독 관할하에 있었다.

4——사해와 지중해 사이에 있는 팔레스타인의 일부로, 예루살렘이 중심지.

5——사해 근처에 있는 포도원으로 유명한 지역.

6——팔레스타인의 가장 오래된 도시.

7——에스콜, 소렉, 카르멜은 예루살렘 서쪽에 위치한 도시들이다.

8—— 마카비 왕가 야네우스 시대에 이미 예루살렘을 지키는 요새로서, 후에 헤로데 대왕이 이를 보수하여 대왕의 비호자 마르크 안토니우스를 기념하여 이 이름을 붙였다.

9—— 예루살렘 동쪽에 위치한 도시.

10—— 팔레스타인의 북부 지역.

11—— 헤로데 안티파스가 세운 갈릴리의 도시. 티베리우스 황제를 기리기 위해 붙여진 이름이다.

12—— 티베리아스와 사해 사이를 흐르는 강. 세례자 요한은 이 강의 물로 예수에게 세례를 주었다.

13—— 아라비아 반도 남서부, 홍해에 접해 있는 지방.

14—— 아리스토불로스와 베레니스 사이에서 태어난 헤로디아 또는 헤로디아데는, 헤로데 대왕과 마카비 가문 출신 마리암의 아들이며 자신의 삼촌인 헤로데 필립보와 결혼했었다. 이 결혼으로 헤로디아는 살로메를 낳은 후, 남편을 떠나 남편의 이복동생인 헤로데 안티파스와 살았다.

15—— 시리아의 총독 루키우스 비텔리우스. 그의 아들 아울루스 비텔리우스는 티베리우스 황제가 지중해의 나폴리 근처 카프리 섬에서 방탕생활을 할 때, 이를 수행하여 총애를 받는다. 후에(서기 68) 게르마니아 군에게 추대되어 제8대 로마 황제임을 선포했지만, 로마로 들어가기 전에 그와 마찬가지로 유대, 시리아 군에게 추대되어 황제를 선포

한 베스파시아누스의 패거리에 의해 살해되었다.

16—— 헤로데 대왕의 손자, 헤로디아의 동생이지만, 누이와 그 남편 안티파스에게 심히 적대적이고, 티베리우스 황제의 후계자가 될 카이우스 칼리굴라와 결탁하여 후년에 안티파스를 중상하여 안티파스가 갈리아로 유배되자, 자신은 유대 왕에 책봉되어 아그리파 1세라고 칭했다.

17—— 로마의 제2대 황제 티베리우스.

18—— 시리아 남쪽의 비옥한 평야 지대로 고대 바산 왕국의 일부였다.

19—— 카스피해 남동쪽에 살았던 반半유목 아시아 민족의 하나. 기원전 3세기 말 메소포타미아에 파르티아 왕국의 위세를 떨쳤고, 기원전 1세기 로마와의 접촉이 시작되자 기원전 54년 로마 집정관 크라수스를 물리쳐 동방의 위협적인 국가가 되었다.

20—— 세례자 요한의 히브리식 이름이다. 그리스도의 세례자로 복음서에서 전한다: 루카복음서 1장 11-25절(선구자 요한 강탄탄생 예고), 루카복음서 1장 57-80(선구자 요한의 탄생), 마태오복음서 3장 1-17, 마르코복음서 1장 1-11, 루카복음서 3장 1-21, 요한복음서 1장 6-34(선구자 요한의 세례 및 선교), 마태오복음서 4장 12, 마르코복음서 1장 14, 루카복음서 3장 19-20(선구자 요한의 투옥), 루카복음서 7장 19-35(선구자 요한의 사도), 마태오복음서 14장 3-12, 마르코복음서 6장 17-19(선구자 요한의 투옥 및 참수).

21—— 마태오복음서 11장 2-19, 루카복음서 7장 19-35(선구자 요한의 사도)을 볼 것. 아마도 에세네파에 속한 유대인일 것.

22—— 갈릴리와 유대 사이에 있는 사마리아 지방의 주민. 기원전 722년 사마리아가 아시리아 왕 때문에 멸망한 후 거기에 남아 있던 유대인과 아시리아인의 피가 섞인 인종으로, 순수 유대인과 오랫동안 반목했다.

23—— 히르칸 1세, 즉 요한 히르칸은 유대의 대제사장이자 왕이다. 가리짐 산에 세워진 신전을 기원전 128년(108년?)에 그가 허물었고, 이 파괴 이후에도 가리짐 산은 사마리아인들의 예배 장소였다.

24—— 예루살렘 도성의 네 개 언덕 중의 하나. 넓은 의미로는 예루살렘 자체를 가리킨다.

25—— 요한복음서 3장 30절 참조.

26—— 시뎀 계곡에 있던 소돔과 고모라 등 5개 도읍을 말한다. 아브라함 시대에 극도의 음란함 때문에 신은 이 도읍들을 없애기로 결심하여 불과 유황을 내려 망하게 했다고 한다(창세기 13, 14, 18, 19장). 이 도읍들은 아마도 지진 때문에 침하하여 호수 바닥이 된 것으로, 사해 내부에 해당하는 것이었으리라고 한다.

27—— 제3대 로마황제로 즉위하여 난폭한 데다 호사취미로 인해 멸망한 카이우스 칼리굴라를 말한다(기원전 12-서기 41, 재위는 서기 37-41).

28—— 카이우스가 제위에 오르기 위해서는 티베리우스가 빨리 죽어야 한다고 했던 아그리파의 말을 티베리우스에게 전한 해방 노예. 이것 때문에 티베리우스는 아그리파를 옥에 가두었다.

29—— 헤로디아가 헤로데 필립보와 결혼해서 낳은 살로메.

30—— 헤로데 필립보. 헤로디아의 첫 번째 남편 헤로데 필립보는 헤로디아의 삼촌이며, 두 번째 남편 헤로데 안티파스는 헤로데 필립보의 이복동생, 즉 헤로디아의 작은아버지인 셈이다.

31—— Via Sacra. 고대 로마의 팔레티누스 언덕에서 카피톨 신전에 이르는 개선로.

32—— 예수가 나타나기 전후 시대 사두가이파, 바리사이파와 함께 유대의 주요 종파의 하나. 세례자 요한은 에세네파였다고 한다. 금욕주의, 흰옷을 입고 공동생활을 한 것이 특징이다. 이 공동체는 메시아를 기다리고 있었다.

33—— 기원전 5세기, 포로의 땅 바빌론에 있던 유대인 느헤미야는 페르시아 왕으로부터 유대 총독에 임명되어 고국 팔레스타인으로 돌아와 유대교를 위해 많은 공헌을 했다(구약성서 에스라기, 느헤미야기, 학개서, 스가랴서, 말라기서 참조).

34—— 요르단 강 서쪽에 있는 고원 지대.

35—— 아스칼론은 헤브라이인의 적敵필리스탄인이 점령하고 있던 팔레스타인 지중해 남부 연안의 읍. 헤로데 대왕이 태어난 곳이다.

36—— 이스라엘 왕, 유대족에 속한다. 목동인 그가 사울 왕의 부름을 받아 전사가 되어, 거인 골리앗을 손으로 때려죽이고 명성을 떨친 후 세력을 얻어 왕이 되어 팔레스타인 전역을 통일한다. 그리스도의 선조 가운데 속하기도 한다.

37—— 마카비 가문과 헤로데 가문. 마카비 가문의 노사제 마타티아스는 시리아 왕 안티오크스 에피파네스(기원전 175-163) 치하에서 정치적 · 종교적 박해를 피하려 팔레스타인 지중해 연안에 퇴각해 있었다. 그는 자식들을 데리고 대혁명군을 통솔하여 시리아 왕을 타도하고 유대의 왕, 대사제가 되어 정치적 독립과 종교적 자유를 얻었다. 후대에 바리새파와 사두개파의 증가 때문에 내정이 흐트러진 유대는 로마의 속국이 되었다(기원전 63). 당시 에돔의 지사 헤로데 가문의 안티파테르가 자신의 유대인 혈통을 이용하여 세력을 뻗으려고 책동하여 카이사르에 의해 유대 왕에 책봉된다. 마침내 마카비 가문의 히르칸 2세가 아리스토불로스에 이어 타도되고, 헤로데 가문 안티파테르의 아들 헤로데 대왕이 사실상의 유대 왕이 되었다(기원전 37).

38—— 아라비아, 갈리아, 스키타이 지방들. 갈리아(골)는 고대인이 특히 알프스 산맥, 대서양, 피레네 산맥, 라인 강으로 구획되는 오늘날의 프랑스를 중심으로 하는 갈리아인의 땅을 가리켜 부르는 이름이다. 스키타이는 유럽 북부, 동부에 거주한 여러 민족을 총칭한 이름이다.

39—— 예수 그리스도를 가리킨다(요한복음서 1장 26절 참조).

40—— 도끼 둘레에 채찍을 다발로 엮은 것으로 집정관 권위의 상징이다.

41—— 로마의 도시 야니쿨룸 언덕에서 바다에 이르는 길, Via Vitellia.

42—— 소아시아의 산악 지방을 차지하고 있던 나라 킬리키아를 루키우스 비텔리우스가 토벌하여 그곳으로부터 조공을 받았다.

43—— 파르티아 왕이 비텔리우스를 통해 인질을 돌려보낸 것은 로마의 승리를 염두에 둔 협상의 의도였다. 그러나 티베리우스는 헤로데 안티파스로부터 이 소식을 이미 들었기 때문에 이 공헌에 대하여 비텔리우스에게 고맙게 생각하지 않았던 것을 두고 말한다.

44—— 역주 15 "아들 아울루스 비텔리우스"를 볼 것.

45—— 사두가이파와 바리사이파. '분리파'라는 의미의 바리사이파는 국수적이고 배외적 사상을 대표하고, 구약의 율법을 엄수하여 스스로 고결함을 자처한 보수파다. 사두가이파는 성직 귀족주의의 한 파로 일어나 그리스 문화를 받아들이고 세속 권력과 결탁하며, 모세의 율법은 승인하지만 죽은 자의 부활, 천사 및 성령의 존재를 부정하고 인간의 자유의지를 주장했다. 그리스도 출현 전후 2세기 동안 두 파의 반목이 격심했다.

46—— 로마제국에는 징세 관리 제도가 없었기 때문에, 정부는 편의상 어떤 지방에서의 징세 사무를 로마의 재정가인 로마 귀족 가운데 한 사람에게 위임했다.

47—— 대관 본디오 빌라도. 제5대 유대 대관. 예수 처형 때의 그의 역할은 잘 알려진 사실이다(루카복음서 3장 1절).

48—— 마태오복음서 23장 13절 참조.

49—— 루카복음서 3장 7절 참조.

50—— 그럴싸한 외양에 영혼과 정신이 비어 있는 것을 비유하는 이미지들.

51—— 에브라임 종족의 선조 요셉의 아들. 이 이름은 이스라엘과 동의어가 되었다.

52—— 사해 동쪽에 위치한 지명으로, 여기에서는 모압 민족을 가리킨다. 이들은 근친상간으로 태어난 롯의 자식들이다.

53—— 손가락이나 활 대신 피크를 사용하여 연주하는 고대의 현악기.

54—— 금화.

55—— 소액의 은화.

56—— 메시아. 예언자들은 그가 다윗의 후손일 것이라고 말했다.

57—— 이스라엘 왕(기원전 917-897), 페니키아 왕의 딸 이세벨과 결혼한 아합은 페니키아의 이교를 들여와 사마리아에 신전을 세워 야훼의 제단을 부수고, 그 예언자를 살육하여 이스라엘인의 종교적 반감을 샀다(열왕기 상 16장-22장).

58—— 요카난은 안티파스를 아합 왕으로, 헤로디아를 이세벨로 보고 있다.

59—— 바빌론은 기원전 6세기 가장 번영했던 바빌론 왕국의 수도. 이스라엘의 예언자는 바빌론을 풍속이 호화롭고 문란한 것의 대명사로 만들었다. 따라서 이것은 창녀를 가리킨다.

60—— 모세의 율법을 말한다(신명기 25장, 레위기 18장 참조).

61—— 압살롬은 다윗의 셋째 아들(사무엘기 하 16장), 유다는 야곱의 넷째 아들로, 그리스도를 배반한 이스카리옷의 유다가 아니다(창세기 38장 11). 암몬(사무엘기 하 13장), 롯(창세기 19장).

62—— 아갈라는 헤브라이어로 큰곰자리, 알골은 아랍어로 페르세우스 좌의 별 가운데 하나, 미라-케티는 고래 좌의 별 가운데 하나다.

63—— 기원전 5세기에 살았던 그리스의 조각가.

64—— 출애굽기 3장 2, 3절("거기에서 주의 천사가 떨기 가운데서 이는 불꽃으로 그에게 나타났다. 그가 보니, 떨기에 불이 붙는데도, 그 떨기가 타서 없어지지 않았다."), 마르코복음서 2장 26절(모세의 책에 떨기나무 이야기가 나오는 대목), 사도행전 7장 30절("시나이 산 광야에서 가시나무 떨기 불길 속에서 천사가 나타났습니다.") 등 참조.

65—— 메소포타미아 남동쪽에 위치한 바빌론을 그리스의 역사가는 이렇게 부른다.

66—— 고대 로마의 누워서 식사하는 식탁.

67—— 고대 페니키아의 도시들.

68—— 고대 그리스의 영토, 오늘날의 불가리아.

69—— 시리아 사막 지대의 오아시스.

70—— 홍해에 면한 아리비아의 항구.

71—— 사도행전 8장 9-11에 나오는 마술사 시몬을 가리키는 것으로 보인다.

72—— 지토이의 시몬과 예수를 같은 지위에 놓는 것이나 예수를 불확실하게 지칭하는 것 등은, 신흥 기독교에 대하여 당대인들이 갖고 있는 불신을 보여준다.

73—— 고대 그리스 · 로마의 오른쪽 어깨 앞을 후크로 잠그는 망토.

74—— 루카복음서 23장 8, 9절.

75—— 요한복음서 4장 43-54절.

76—— 레바논에서 난다고 하는 특출한 약초. 연금술사들에 의하면 경이로운 속성을 지닌 식물이라고 한다.

77—— 마태오복음서 11장 14절, 17장 10-13절

78—— 요한계시록 22장 7-10절, 에스겔서 38장, 39장.

79—— 열왕기상 17장 1-6절.

80—— 열왕기상 18장 36-39절.

81—— 열왕기상 18장 17-47절.

82—— 열왕기상 17장 8-24절.

83—— 요한복음서 3장 1-21절.

84—— Nec crescrit, nec post mortem durare videtur. 로마의 시인 루크

레티우스(기원전 98-58)의 시구. 영생을 믿지 않는 사두가이파의 사상을 반영한 인용이다.

85—— 에게 해에 있는 그리스의 섬.

86—— 코마젠은 시리아 동부 유프라테스 강변에 있는 독립국. 테린은 파테를 만드는 뚜껑 달린 도기, 또는 테린에 담아 조리한 파테를 말한다.

87—— 알렉산드리아의 유대인으로 '유대의 플라톤'이라 불린 철학자.

88—— 고대 페르시아의 한 종교의 신으로, 불과 생명의 신. 서기 1세기 무렵부터 로마제국에서 유행했다.

89—— 대추야자 수액을 발효시켜 만든 음료.

90—— 맥주와 유사한 음료를 만드는 데 쓰이는 식물.

91—— 페니키아의 술 종류.

92—— 비너스 신전으로 유명했던 시리아의 도시.

93—— 소아시아 중부의 고대국 프리지아의 도시로, 아폴론과 디아나를 기리는 신전이 있었다.

94—— 시켐 사람들은 가리짐 산의 신전에서 아지마라고 명명하여 비둘기를 숭상했다.

95—— 마카비 가문의 노사제 마타티아스가 시작한 검에 의한 신앙옹호운동 일당으로, 마카비 가문이 정권과 종권을 얻기에 이르러서는 정치적 책동에 빠졌다. 역주 37 참조.

96—— 메세나는 로마의 귀족으로, 아우구스투스 대제의 신임이 두터워 문학예술 장려에 진력했다. 당나귀나 개고기 스튜는 아테네와 제정 로마에서 매우 즐겨 먹는 음식이었다.

97—— 당시 이미 유대인의 성격에 대한 로마인의 악담이 책자로 나왔고, 할례, 당나귀 머리 숭배, 그 밖의 기괴한 풍습에 대한 야유와 조롱은 언제나 로마인들의 화제였다.

98—— 페니키아 종교의 신 바알의 영향을 받은 암몬인들의 오래된 우상으로, 어린아이를 제물로 삼았다.

99—— 파르티아가 시리아를 쳐들어왔을 때 파르티아족을 유인하여 유대 왕이 된 안티고누스는 로마의 장군 안토니우스가 원조하는 헤로데 대왕에 의해 기원전 37년에 타도되었다.

크라수스는 폼페이우스, 카이사르와 함께 로마 삼두정치의 집정관, 시리아 총독에 임명되기도 하고, 파르티아 토벌을 빙자하여 많은 세금을 부과하고, 신전을 위협하여 유대인의 분노를 샀는데, 기원전 53년에 파르티아 군에게 패하여 살해되었다.

바루스는 아우구스투스 대제의 장수로, 게르마니아 군의 대장 아르미니우스의 덫에 걸려 패배하고 서기 9년에 죽는다. 크라수스 이래의 참패로, 로마군의 사기를 땅에 떨어뜨렸다.

100—— 아트레우스 가문은 기원전 13세기 아트레우스의 후예. 그리스의 영웅 전설에서 시해, 간통, 근친상간 등, 아가멤논, 이피게니아, 메

네라스 등과 관련된 많은 비극의 걸작을 제공한 왕가로, 전기 헬레니즘 미술의 가장 큰 규모의 조각을 남겨, '아트레우스의 보고寶庫'라고 불렸는데, 마침 이 이야기를 구상 중이던 1876년에 이것이 발견되었다.

101—— 하늘의 딸, 땅의 여신. 농업의 신 사투르누스의 아내이며, 유피테르의 어머니다. 키벨레 여신상은 무릎 좌우에 두 마리의 사자를 거느리고 있다.

102—— 작은 종 모양의 꽃. 만드라고라 꽃은 신묘한 성질을 갖고 있다 하여 '미약' 조제에 쓰인다.

103—— 심벌즈와 비슷한 고대의 타악기.

104—— 에로스에게서 사랑받는 프시케는 호기심 때문에 연인을 잃는다.

105—— 페니키아의 커다란 플루트.

106—— 칼리굴라가 총애한 당대 최고의 배우.

107—— 누비아Nubia는 이집트 남부의 나일강 유역과 수단 북부에 있는 지역이다. 누비아 지역 대부분은 수단 영토에 있으며, 1/4 정도만 이집트에 속한다.

108—— 기원전 7-6세기경 소아시아 서부 지방에 있는 왕국.

109—— 마녀들이 주술을 걸 때 쓰는 방추형 청동 막대.

110—— 헤로데 대왕의 희생자들.

|작가 연보|

1821 12월 12일 루앙 시립병원에서 귀스타브 플로베르 출생.

1830-32 《돈키호테》를 읽고 희곡과 소설 쓰기를 꿈꾼다.

1833 8월, 첫 파리 여행. 식물원, 베르사유, 퐁텐블로 방문.

1835 귀스타브는 조촐한 문학신문 《예술과 진보》 발간. 〈슈브랭과 프로이센 왕〉, 〈샤르트뢰의 수도승〉, 〈신부新婦와 무덤〉 등 역사 이야기와 초기 콩트들을 창작. 셰익스피어 독서.

1836 초기 콩트들(후속): 〈향내를 맡아봐〉, 〈피렌체의 페스트〉, 〈격노와 무력감〉. 트루빌에서 휴가 중, 귀스타브는 음악잡지 편집장 모리스 슐레징거의 아내 엘리자 푸코(《감정교육》주요 등장인물 아르누 부인의 모델)를 만나 희망 없는 격렬한 열정에 휩싸인다.

1837 〈지옥의 꿈〉, 〈네가 아무리 원한다 해도Quidquid volveris〉, 〈열정과 미덕〉(《마담 보바리》에 나오는 몇 개의 에피소드가 포함된 단편소설) 등 창작. 루앙의 신문 《벌새》에 기고.

1838 극 〈루이 11세〉, 〈고뇌, 회의적 고찰〉, 〈죽은 자들의 춤〉, 〈광인의 수기〉(집필 날짜 불확실, 사후 개작 가능성) 창작.

1839 〈예술과 상업〉, 〈스마르〉(〈지옥의 꿈〉 개작이자 《성 앙투안의 유혹》 첫 번째 초안) 등 창작. 연말에 학교를 떠나 집에서 바칼로레아를 준비.

1840 8월 23일, 대학입학자격 취득. — 8월 말~9월, 쥘 클로케 박사와 함께 피레네와 코르시카 여행.

1841 11월 10일, 파리 법과대학에 등록 후 루앙으로 돌아옴.

1842 법률공부를 소홀히 하고 〈11월〉(10월 25일에 완성) 창작. 3월 2일, 제비뽑기로 군복무 면제. — 9월, 트루빌에서 휴가. 두 영국인 여성 거트루드, 해리엇 콜리어와 친분을 맺는다. — 11월, 파리의 에스트 거리 19번지에 "자기 세간을 갖춰" 정착. 콜리어, 프라디에, 슐레징거 집안을 드나듦.

1843 파리에서 법학공부를 계속하면서 2월에 〈감정교육〉(초고)을 쓰기 시작. — 3월, 막심 뒤 캉과 친구가 됨. — 5월 파리-

루앙 간 철도노선이 운행됨. — 8월 21일, 2학년 시험에 실패하고 낙담하여 루앙으로 떠남. — 11월, 파리에서 법학 수업 수강.

1844 1월, 형 아실과 함께 퐁레베크로 가는 도중, 자신이 몰던 이륜마차 안에서 졸중에 강타당한 듯이 쓰러짐. 루앙으로 돌아온 그에게 엄격한 식이요법 처방이 주어짐. 법학 공부 포기. — 4월-5월 부친 플로베르 박사는 드빌에 있는 집을 팔고 크루아세에 집을 매입(9만 프랑).

1845 1월 7일 〈감정교육〉 초고 완성. — 3월 3일, 누이 카롤린과 에밀 아마르의 결혼, 플로베르 가족은 이탈리아 신혼여행에 동반한다. — 5월, 제노바에서 브뤼헐의 '성 앙투안' 그림에 주목한다. 밀라노, 제네바, 브장송을 거처 귀가. — 6월, 크루아세에서 볼테르의 연극 분석.

1846 1월 11일 부친 플로베르 박사 타계. — 2월 21일 조카딸 데지레-카롤린 아마르 태어남. — 3월 23일에는 누이가 산욕열로 사망. — 4월, 어머니, 조카딸 카롤린, 하녀 쥘리와 함께 크루아세에 은거. — 5월, 루이 부예, 막심 뒤 캉과 함께 운문극 〈제너 혹은 의학의 승리〉 창작. — 7월 6일, 작가의 친구 알프레드 르푸아트뱅이 루이즈 드 모파상과, 알프레드의 동생 로르 르푸

아트뱅이 귀스타브 드 모파상과 결혼. 7월 29일, 파리에서 조각가 프라디에 집에서 루이즈 콜레와 첫 만남. — 8월 4일, '뮤즈'(루이즈 콜레)에게 첫 편지. 서신교환은, 가끔 중단되면서도 1855년까지 지속.

1847 5-7월, 뒤 캉과 3개월간 투렌, 브르타뉴 여행. — 9월에 신경발작 재발.

1848 2월 22일, 작가와 친구 부예는 각종 신문에 보도된 시위를 목격하기 위해 파리로 출발. 2월 24일, 혁명이 그들의 눈앞에서 터짐. — 3월, 크루아세에서 루이즈 콜레에게 절교 편지. — 4월 3일, 알프레드 르푸아트뱅 사망. 그 직후 작가는 국민위병에 동원됨. — 5월 24일, 〈성 앙투안의 유혹〉(초판) 시작.

1849 4월, 파리에서 작가는 클로케 박사에게 상담한 후 열대지방 여행을 권장받음. 뒤 캉이 중동에 동행하겠다고 친구에게 제안. 여름 동안 작가는 9월 12일에 마무리되는 〈성 앙투안의 유혹〉을 쓰면서도 이 여행을 준비. 작가는 자신의 작품을 읽어주기 위해 부예와 뒤 캉을 불러들이나, 이들은 실패작이라고 천명. — 11월 4일, 작가와 뒤 캉은 마르세유에서 승선하여 15일에 알렉산드리아에 도착, 28일, 카이로에 도착. — 12월에 피라미드,

멤피스 등을 둘러봄.

1850 2월 6일, 카이로를 출발하여 고지 이집트 지나 나일 강 여행(필라이, 룩소르, 안티노에). — 6월 26일, 카이로에 돌아옴. — 7월 17일 베이루트로 출발하여, 티르, 생장다크르, 야파, 예루살렘, 나사렛, 카나, 다마스쿠스, 바알베크, 트리폴리 등을 방문. — 11월 콘스탄티노플에서 한 달간 체류하며 보들레르의 양부 오피크 장군을 방문하고 베오그라드를 여행. — 12월 아테네, 엘레우시스, 마라톤 방문. — 이해 8월 5일 기드 모파상 출생, 8월 18일 발자크 타계.

1851 1월, 파르테논, 델포이, 테르모필레, 펠로폰네소스 방문. — 2월, 베수비오스와 폼페이 방문. — 3월 28일, 육로로 로마에 도착. 작가는 로마에서 5월 6일까지 체류하고, 아들을 만나러 온 어머니와 함께 피렌체와 베네치아를 방문. 그동안 뒤 캉은 파리로 돌아감. — 6월, 쾰른과 브뤼셀을 경유하여, 외견상 매우 건강해져 크루아세로 돌아옴. — 7월, 루이즈 콜레와 관계 회복. 7월 25일, 모친과 만국박람회를 보러 런던행. — 9월 19일, 〈마담 보바리〉를 쓰기 시작. — 11월, 조카딸 카롤린의 교육을 시작, 가정교사 이자벨 허튼이 크루아세에 도착. — 12월, 파리에

체류. 2일, 쿠데타를 목격하고 구타를 당할 뻔함.

1852 〈마담 보바리〉에 진력. 두세 달마다 루이즈 콜레와 함께 파리와 망트에서 기분전환. ―6월 20일경, 뒤 캉과 편지로 다투고 관계가 냉각. ― 7월 18일, 농업 공진회 참석 차 그랑쿠론을 방문. ― 8월, 〈마담 보바리〉 제1부 완결. ― 9월-12월, 〈마담 보바리〉 제2부(1-3장).

1853 〈마담 보바리〉 집필(2부, 4-8장). 빅토르 위고(플로베르에게 '악어'라는 별명으로 불린다)와 사적인 편지 교환. 루이즈 콜레를 파리와 망트에서 자주 만남. ― 7월, 미스 허튼이 해고되고, 줄리엣 허버트가 카롤린의 가정교사를 맡게 됨. ― 11월, 작가는 프랑스를 떠나 가족과 함께 바덴에 살고 있는 슐레징거에게 편지를 씀. 부예가 파리에 정주.

1854 〈마담 보바리〉 집필(2부, 9-13장). 베아트릭스 페르송과 연애관계. ― 8월, 수은으로 인한 유연증流涎症을 호소. ― 10월, 루이즈 콜레와 결별.

1855 〈마담 보바리〉 집필(2부, 13-15장; 3부, 1-8장). 3월 6일, 루이즈 콜레에게 마지막 편지.

1856 〈마담 보바리〉 완성, 사본 한 부 작성. ― 4월, 뒤 캉이

《르뷔 드 파리》를 위해 작품을 2,000 프랑에 삼. — 5월, 크루아세로 돌아와 교정 및 첨삭 후 31일 뒤 캉에게 수정한 사본을 보냄 . — 6월, 〈성 앙투안의 유혹〉을 다시 손질. — 7월 14일, 뒤 캉이 〈마담 보바리〉의 몇 군데 '군더더기'를 삭제하라고 권하지만 거절. — 10월 1일, 작품이 《르뷔 드 파리》에 게재되기 시작. 여섯 차례에 걸쳐 발표. 작가의 의지에 반하여 몇몇 문장들이 삭제되었기 때문에, 작가는 그 잡지의 공동 경영자 로랑-피샤에게 편지를 써서, 12월 15일호에 작가의 항의문을 게재하게 함. — 12월 24일, 미셸 레비와 5년간 800프랑 지불 조건으로 《마담 보바리》 출판 계약. 12월 21일과 28일, 《아르티스트》지는 《성 앙투안의 유혹》의 단장들을 게재.

1857 1월 《성 앙투안의 유혹》의 다른 단장들이 《아르티스트》에 게재됨. 1월, 플로베르는 《마담 보바리》 건으로 예심판사에게 소환되고 15일, 사건이 경범재판소로 이송, 29일 재판. — 2월 7일, 무죄판결. — 3월, 《성 앙투안의 유혹》 출간을 연기하고, 다음 소설은 '카르타고'를 주제로 할 것이라고 알린다. — 4월 《마담 보바리》가 미셸 레비에서 출간(2책, 12절판 1프랑, 6,600부 + 독피지본 150). 눈부신 성공. — 5월, 크루아세로 돌아와(여기

에서 1월 4일《르 모니퇴르》에 나온 생트뵈브의 기사를 받아본다)〈카르타고〉에 진력. 친구 부예가 망트에 정착. ―6월《마담 보바리》2쇄. 미셸 레비로부터 상여금 500프랑. 6월 25일, 보들레르가《악의 꽃》을 발표(경범죄 제6 법정 판사들은 8월에 그에게 300프랑 벌금형을 언도한다). ― 9월–11월,〈살람보〉(〈카르타고〉의 최종 제목)의 제1장을 집필. ― 12월《마담 보바리》의 희곡 각색 제안을 거절.

1858 생트뵈브, 고티에, 르낭, 보들레르, 페이도, 공쿠르 형제를 자주 만나고 '암사자들'(잔 드 투르베, 아글라에 사바티에, 아르누–플레시)도 이따금 만남. 봄에 카르타고의 폐허 방문 결심. ― 5월, 카르타고와 비제르트 여행. ―7월–8월, 작업 전체를 다시 손질한다. ―9월–12월,〈살람보〉2장과 3장 집필.

1859 〈살람보〉집필(4–7장). ―2월 19일–6월 10일 파리 체류. 거의 외출하지 않고, 여배우들인 라지에와 기몽과만 만남. ―9월 빅토르 위고가《여러 세기의 전설》을, 루이즈 콜레가 모델 소설《그 남자Lui》를 발표한다. ― 병으로 11월까지 우울한 시기를 보냄. ―12월 20일 파리로 가서 겨울 동안 파리에 체류, 일요일에는 친구들을 맞이하고, '여 의장'(사바티에 부인) 집에서 종종

만찬.

1860 〈살람보〉 집필(7-10장). 4월 17일, 조카딸 쥘리에트가 아돌프 로키니와 결혼. — 8월, 파리에서 짧은 체류, 황실 도서관에서 자료조사. — 크루아세에서 겨울. 뒤 캉과의 관계가 다시 호전되었으나, 들르세르 부인과 헤어진 뒤 캉은 이탈리아에 심취하여 가리발디 군대에 입대.

1861 〈살람보〉 집필(10-14장). 갈수록 '곰이 되는' 작가는 5월에만 파리에 체류. — 6월, 책이 끝나기 전에는 크루아세를 떠나지 않겠다고 다짐.

1862 1월, 작가는 독일의 병원에 수용된 슐레징거 부인의 병을 알게 됨. — 2월 파리에서 〈살람보〉 완성. — 4월, 위고가 《레 미제라블》을 발표. — 7월, 뒤 캉에게 원고를 맡김. — 9월, 파리에서 레비와의 계약서에 서명(10년간 1만 프랑 지불 조건으로 《살람보》와 《마담 보바리》 계약. 차기 소설을 같은 출판사 출판 약속). — 10월, 〈살람보〉 교정쇄 교정. 확장성 종기 정다발증疔多發症 발병. — 11월 24일 , 《살람보》, 서점에 배포(1책, 8절판, 간행연도는 1863년). — 12월 23일, 24일, 작가는 생트뵈브의 비평들에 대한 회답을 작성.

1863 1월 21일 마틸드 공주(나폴레옹 3세의 사촌) 저택에서 만찬. 조르주 상드와 서신교환 시작. — 2월, 마니 만찬(레스토랑 마니Magny에서 하는 문인들 모임)에서 투르게네프를 만남. — 3월, 크루아세로 돌아와, 차기 소설 주제 모색. — 10월 29일-11월 3일, 공쿠르 형제의 크루아세 방문. — 겨울 동안 파리에 거주. 나폴레옹 공작, 마틸드 공주 저택에서(11월 22일), 마니에서(23일), 잔 드 투르베 저택에서(12월 4일), 텐 자택에서(5일)의 만찬.

1864 1월-3월, 파리 체류. 나폴레옹 왕자(나폴레옹 3세의 사촌, 마틸드 공주의 동생), 마틸드 공주, 잔 드 트루베 저택 야회, 마니 만찬. 오페라 극장의 무도회. 연극(2월 20일 포르트 생 마르탱 극장에서 부예의 〈포스틴〉, 2월 29일 오데옹극장에서 조르주 상드의 〈빌메르 후작〉) 관람. — 4월 6일, 조카딸 카롤린과 코망빌(에르네스트 옥타브 필리프)의 결혼. — 5월, 〈감정교육〉 계획(황실 도서관에서 옛날 신문들 읽기). — 6월, 노장 쉬르센, 트루빌, 에트르타에서 체류. — 8월, 자료조사 여행(빌뇌브 생 조르주, 믈룅, 몽트로, 상스). — 9월 1일, 〈감정교육〉을 쓰기 시작. — 11월 12-16일, 황제의 콩피에뉴 성에 초대받음.

1865 〈감정교육〉 집필(1부). 1월-5월 10일, 파리 체류. 나폴레

옹 왕자와 마틸드 공주 저택 야회. 마니에서의 모임. — 4월, 모친에게 7천 프랑을 달라고 요구. — 7월, 런던 여행 후 바덴에 가서 뒤 캉과 재회하고 엘리자 슐레징거도 만난 것 같다. — 8월, 조카사위 아돌프 로키니 자살.

1866 〈감정교육〉 집필(2부, 1-4장). 1월 24일-5월 말, 파리 체류. 나폴레옹 왕자와 마틸드 공주 저택에서의 야회. 마니 만찬(2월 12일에 플로베르는 이곳에 조르주 상드를 가입시킴). — 7월 16-30일, 런던 여행, 줄리엣 허버트를 만남. — 8월, 마틸드 공주의 생그라시앵 성관에서 첫 체류. 8월 15일, 레지옹 도뇌르의 기사로 선정. 8월 28-30일, 크루아세에 조르주 상드 방문. — 9월, 돈을 빌리려 애씀. — 11월 3-10일, 조르주 상드의 크루아세 두 번째 체류.

1867 〈감정교육〉 집필(2부, 4-5장). 1월, 미셸 레비가 작가에게 5,000프랑을 빌려줌. 작가의 모친은 쿠르타방(오브 현)의 농장 매각, 아들 몫은 15,566 프랑. — 2월 19일-5월 20일, 파리 체류. 마틸드 공주 저택 야회, 마니 만찬 등. — 3월, 슐레징거 부인과 재회. — 8월 31일, 보들레르 타계. — 12월, 탕플 가의 임대료(1,500프랑이 됨) 때문에 이사 계획.

1868 〈감정교육〉 집필(3부, 1-3장). 1월, 작가의 종손녀 쥘리에트 로키니(세 살) 사망. — 2월 10일-5월 19일, 파리 체류. 마니 만찬을 등한히 하지만, 매주 수요일 '공주 저택에서' 저녁식사. — 5월 24-26일, 크루아세, 조르주 상드의 세 번째 체류. — 11월 22일, 투르게네프의 방문.

1869 1-3월, 〈감정교육〉 완성. — 3월 27일-6월 7일, 파리 체류. 정기적으로 마틸드 공주 저택 방문. — 5월에, 공주에게 자신의 소설을 읽어 줌. 5월, 조르주 상드에게도 〈감정교육〉 읽어 줌. 간행 문제로 미셸 레비와 접촉. 5월 30일, 뮈리요 거리 4번지, 5층에 아파트 임대(임대료 1,500프랑), 탕플 가의 집 해약. — 6월, 크루아세로 돌아와 〈성 앙투안의 유혹〉 재손질 시작. — 7월 18일 부예가 망트에서 타계. 그의 추모사업을 위한 위원회가 창설되어 플로베르가 회장이 됨. — 8월 14일, 〈감정교육〉 원고를 미셸 레비에게 넘김. — 10월 13일, 생트뵈브 타계. 10월 17일, 《감정교육》 출간(2책, 8절판, 1870년 간행연도). 레비는 10년 계약으로 16,000프랑 지불. — 12월, 언론의 혹평. 12월 22-27일, 노앙의 조르주 상드 집에서 보냄.

1870 1월-4월 파리 체류. 습진, 정다발증으로 고생. 황실 도서

관에서 공부. — 4월 29일, 미셸 레비는 작가에게 4,000프랑을 빌려주겠다고 제의하고 다음 소설에 대한 약속을 요구하나, 작가는 이를 거절함. — 6월 20일 쥘 드 공쿠르 타계. — 7월, 친구 부예의 희극 〈나약한 성Le Sexe faible〉을 다시 손질. 7월 19일, 프랑스-프로이센 전쟁 발발. — 8월, 점증하는 불안 속에서 〈성 앙투안의 유혹〉에 진력. 8월 15일, 노장의 친척들이 크루아세에 피신한다. — 11월, 프로이센 군인들이 크루아세에 묵게 되자, 작가와 모친은 루앙의 르아브르 강변로 7번지 어머니 집에 피신. 혹한의 겨울.

1871 1월 25일, 메클렘부르크 대공이 프로이센 군대를 이끌고 루앙 진입. 1월 28일, 휴전. 작가는 레지옹 도뇌르 약식 훈장을 숨김. — 2월, 영국에 피신해 있던 카롤린이 디에프로 돌아온다. 작가는 조카딸 집에 거주. — 3월 16일, 망명 중인 마틸드 공주에게 인사하러 뒤마 피스와 함께 브뤼셀행. 벨기에에서 런던으로 떠났다가 27일에 디에프로 돌아옴. — 3월 18일-5월 28일, 파리코뮌. — 4월, 크루아세로 돌아온다. — 5월 모리스 슐레징거 사망. — 6월 6일, 파리코뮌 붕괴 후, 파리를 찾아옴. — 11월 8일, 슐레징거 부인의 크루아세 방문. 11월 12일, 〈성 앙투

안의 유혹〉 5부 완성. — 12월 코망빌이 근심 토로, 플로베르는 50,000프랑을 빌리기 위해 진력.

1872 1월 6일, 오데옹극장에서 부예의 운문극 〈마드무아젤 아이세〉 초연. — 2월, 부예의 《마지막 노래들》(플로베르의 서문)이 레비 출판사에서 출간. 2월 19일, 〈뤼 블라스〉 재상연장에서 빅토르 위고를 만나 저녁식사에 초대받는다. — 3월 20일, 《마지막 노래들》 출판 비용 문제로 레비와 불화. — 4월 6일, 작가의 모친 별세. 크루아세의 집은 카롤린에게, 도빌의 농장은 작가에게 상속됨. — 7월 1일, 〈성 앙투안의 유혹〉(3판) 마무리. — 8월–9월, 〈성 앙투안의 유혹〉 사본을 만들게 함. 편집자 샤르팡티에를 만나, 레비와 계약 만료 후 자신의 작품들의 판권을 넘기기로 함. — 10월, 〈부바르와 페퀴셰〉를 위한 독서. 10월 23일 테오필 고티에 타계.

1873 1월, 파리 체류. 20일, 작가는 《마지막 노래들》 인쇄비용(2,100프랑) 지불. 해군성 사무원인 모파상과의 우호적인 관계 긴밀해짐. — 4월 12–20일, 노앙의 조르주 상드 집에서 두 번째 체류. — 5월 10일, 《마담 보바리》의 엘제비르판을 위해 르메르와 계약(1,500부에 권리금 3,000프랑). — 6월 20일, 샤르팡티에와

《마담 보바리》, 《살람보》에 대하여 합의. — 7월 《마담 보바리》의 샤르팡티에와 르메르판 교정쇄 교정. — 9월, 4막 희극 〈입후보자〉 집필. 카르발로(오페라 감독)가 보드빌극장에 〈입후보자〉 수용. — 12월, 샤르팡티에와 〈성 앙투안의 유혹〉에 대하여 합의.

1874 1월–5월, 파리 체류. — 3월 11일, 〈입후보자〉 초연. 작가는 제4회 상연을 취소한다. — 4월, 샤르팡티에가 《성 앙투안의 유혹》을 출간(8절판 1책). — 5월 12일, 샤르팡티에 계약(《성 앙투안의 유혹》, 8절판 2,500부 발행, 1부당 1프랑 50의 인세 포함. 표준 크기의 이후 판들은 한 부에 60상팀의 인세, 《마담 보바리》와 《살람보》는 50상팀의 인세로 환산하여 지불한다). — 6월, 크루아세에서 〈부바르와 페퀴셰〉 준비. 노르망디 여행, 2년 전부터 시작된 독서 종료. — 8월 1일, 크루아세에서 〈부바르와 페퀴셰〉 시작. — 9월–11월, 잦은 파리 여행. 돈 부족으로, 자신의 수입을 관리하는 코망빌에게 청구. — 12월, '숭배할 만한 인물' 위고와 만남.

1875 4월 9일, 모파상의 희곡 〈항문을 핥으며A la feuille de rose〉 비공개 상연에 참석. 4월, 뮈리요 거리의 거처를 해약하고 포부르 생토노레 240번지(6층)에서 코망빌 가족과 한 집에서 살아가

기로 결정. — 7월, 코망빌의 적자가 150만 프랑에 이름. — 8월, 가족을 구하기 위해 도빌의 농장 매각(20만 프랑). 카롤린이 은행가 포콩과 페퀴셰에게 5만 프랑의 채권증서를 10년 할부로 지불할 의무를 짐(라울-뒤발과 라포르트 보증). 작가는 측근 지인들에게 자신의 파산을 알림. — 9월 15일경, 친구인 해양동물학 연구소장 조르주 푸셰를 찾아 콩카르노에 감. 바닷가 마을에서 짤막한 이야기 〈구호성자 쥘리앵의 전설〉을 쓰기 시작. — 10월 1일, 코망빌의 기업이 법적으로 청산 처리됨. — 11월 1일, 파리로 돌아옴. 포부르 생제르맹에서 일요일을 맞이하고, 수요일에는 공주 저택에서 저녁식사. 모파상을 매우 자주 만남.

1876 1월-2월 그는 〈구호성자 쥘리앵의 전설〉을 완성하고 또 다른 이야기 계획. — 3월 8일, 루이즈 콜레 사망. 3월, 〈순박한 마음〉 시작. — 4월, 대상포진으로 고생, 세 번째 이야기 〈헤로디아〉 구상. — 5월, 르낭 《철학적 대화와 단장》 출간(플로베르의 이름이 서문에 등장). — 6월 8일, 조르주 상드 타계, 장례식에 참석. — 7월, 루앙 박물관에서 그에게 박제된 앵무새를 빌려 줌. — 8월 16일, 〈순박한 마음〉 마무리. 투르게네프의 중개로, 두 개의 콩트를 《유럽 메신저》(러시아 잡지)에 600루브르(약 1,800프랑)

에 판권 판매. — 11월, 〈헤로디아〉 시작.

1877 1월, 〈헤로디아〉를 마무리한다. 16일, 코망빌이 자신의 청산인이 공장을 팔 것이라고 작가에게 통보. — 2월 3일, 파리로 출발하여, 이튿날인 일요일부터 친구들 초대. 이 체류 기간 동안 많은 방문, 빅토르 위고 집에서의 만찬, 모파상과의 부단한 관계. — 3월 1일, 카롤린의 아버지 에밀 아마르 사망. 작가와 뒤캉은 서로 주고받은 젊은 시절의 편지들을 파기하기로 결정(그래도 그들은 여러 장 남겨둔다). 《모니퇴르 위니베르셀》에 최근작 콩트 두 편의 출판권 판매(편당 1,000프랑). 세 번째 콩트 〈구호성자 쥘리앵의 전설〉은 《비앵 퓌블릭》에 판매. 이달 말, 샤르팡티에는 《세 가지 이야기》 교정쇄를 보냄. — 4월 1일, 작가는 라포르트에게 《세 가지 이야기》 원고 한 부를 선물. 4월 24일에 《세 가지 이야기》 출간(1책, 18절판). — 6월, 크루아세에서 〈부바르와 페퀴셰〉를 다시 시작. 또 다른 책 〈테르모필레 전투〉도 구상. 코망빌은 사업을 다시 일으켜보려 시도하나 실패. — 8월 18일, 라포르트와 함께 〈부바르와 페퀴셰〉를 위한 노르망디 여행 계획. — 10월-12월, 〈부바르와 페퀴셰〉 집필(3장과 4장). — 12월 27일, 파리로 가서 겨울을 보냄.

1878 〈부바르와 페퀴셰〉 집필(4-7장). 1월-5월, 파리 체류. 일요일의 야회, 수요일은 공주 저택, 위고 방문. 샤르팡티에가 작가와 강베타를 만찬에 초대. 작가는 친구인 교육부 장관 바르두에게 모파상을 천거. — 6월-8월, 눈병과 돈 부족. — 9월, 파리에서 만국박람회 구경하고, 며칠 동안 생그라시앵 체류. — 10월 10-13일, 에트르타 로르 드 모파상의 집에 체류. — 11월 24일, 르메르와 《살람보》 엘제비르판을 위한 계약(1,000부에 1,000 프랑). — 12월, 황달. 고독 속에서 규칙적으로 작업. 돈이 없어 파리에서의 겨울나기 포기.

1879 〈부바르와 페퀴셰〉 집필(8-9장). 1월 4일, 모파상이 교육부로 전근. — 2월 3일, 투르게네프가 방문하여 마자린 도서관 관리자 자리에 관하여 제안, 플로베르 수락. — 2월 15일, 작가의 어려운 상황을 알리는 《피가로》 기사. — 5월 4일, 투르게네프 방문. 5월 13일, 파리에서 형 아실을 만나 3,000프랑의 연금 지불을 약속받음. 얼마 후 쥘 페리 장관이 연금 3,000프랑의 비상근직을 작가에게 마련해 줌(7월 1일부). — 6월 10일, 작가는 페리의 초대와 여러 우정에 원기를 되찾아, 차기 작품 〈테르모필레 전투〉를 염두에 두면서 25일 크루아세로 돌아옴. —7월,

《살람보》(르메르)와 《감정교육》(샤르팡티에) 교정쇄 교정. ─ 8월 28일에 다시 파리로 가서, 9월 9일, 뒤 로클에게 《살람보》의 오페라 각색(여러 차례 연기된 오랜 계획) 허가. ─ 9월 15일, 마지막으로 생그라시앵에 체류하고, 22일에 크루아세로 돌아와 더 이상 그곳을 떠나는 일은 없게 됨. ─ 10월, 라포르트는 코망빌의 새로운 요구에 퇴짜를 놓고, 그로 인해 작가는 그와 절교. 10월, 《살람보》가 르메르에서 나옴. ─ 11월, 《감정교육》이 샤르팡티에에서 나옴. ─ 12월, 혹한의 겨울, 작가는 고독 속에서 한 해를 마감.

1880 1월, 〈부바르와 페퀴셰〉의 10장(과 마지막 장)을 시작하고 톨스토이의 《전쟁과 평화》를 읽음. 〈마음의 성〉이 《라 비 모데른》지에 부분적으로 발표됨. ─ 2월 1일, 모파상의 콩트 〈비곗덩어리〉 교정쇄를 받음. 모파상이 사흘간 크루아세에서 지냄(그는 외설적인 시 때문에 기소). 13,000프랑을 요구하는 라포르트의 소환장. 11일, 쥘 르메트르가 방문. 모파상에게 보내는 그의 편지가 21일, 《골루아》지에 게재됨. 26일, 뒤 캉이 아카데미 회원으로 선출됨. ─ 3월, 코망빌이 새로운 사업을 기획, 그러나 공문서가 크루아세에 쇄도. 작가는 그 이유를 전혀 알지 못했음.

부활절(3월 28일)에, 작가는 자신의 집에 졸라, 도데, 공쿠르, 모파상, 샤르팡티에를 초대. — 4월, 《메당의 야회》와 자신에게 헌정한 모파상의 책(《시집》)을 받음. 27일, 라피에르의 집에서 폴리카르프 성인 축일 파티. — 5월 8일, 파리로 떠날 채비를 하던 중, 뇌출혈로 쓰러져 타계. — 5월 11일, 루앙 기념묘지에 안장. — 12월 15일, 《누벨 르뷔》지가 《부바르와 페퀴셰》 게재를 시작.

1881 3월 유작 《부바르와 페퀴셰》(미완성)를 르메르에서 출판.

1906 크루아세의 파비용에 플로베르 기념관 낙성.

정명희

고려대학교 문과대학을 졸업하고 고려대학교 불어불문학과 대학원에서 보들레르 연구로 석사학위와 박사학위를 받았다. 1993년부터 2018년까지 25년 동안 고려대학교에서 강의했다. 번역한 책으로는 아베 요시오의《군중 속의 예술가—보들레르와 19세기 프랑스 회화》(2006), 가쓰라 아키오의《파리 코뮌》(2007)이 있다.

세 가지 이야기 | **고려대학교청소년문학시리즈 028**
초판발행·1쇄 2019년3월25일 | 지은이 귀스타브 플로베르 | 옮긴이 정명희
펴낸곳 고려대학교출판문화원 | www.kupress.com kupress@korea.ac.kr
02841 서울특별시 성북구 안암로 145 | Tel. 02-3290-4230, 4232 Fax 923-6311
찍은곳 한국컴퓨터인쇄정보
값 11,000원 ISBN 978-89-7641-991-0 04860 | ISBN 978-89-7641-639-1 (세트)
* 잘못 만들어진 책은 바꿔 드립니다.